**HOTEL PARADISO: Historia**
Primera edición: Octubre 2022
Copyright © Elsa Tablac, 2022

Todos los derechos reservados. Quedan del titular del copyright, la reproducción total o parcial de esta obra por cualquier medio o procedimiento, ya sea electrónico o mecánico, el tratamiento informático, el alquiler o cualquier otra forma de cesión de la obra. Si necesita reproducir algún fragmento de esta obra, póngase en contacto con la autora.

# Las vacaciones que necesito
## Hotel Paradiso #1
# Elsa Tablac

# CAPÍTULO 1

E**RIN**
La imponente silueta del hotel Paradiso se revelaba en el horizonte a medida que nuestro barco se acercaba a la playa. Una vez más, incluso estando ya allí, me pregunté si todo aquello era una buena idea. Al fin y al cabo, irte a tu luna de miel con tu única amiga soltera en lugar de con el novio al que prácticamente plantaste en el altar no es el acontecimiento perfecto que cabría esperar.

Rose me dio un codazo, despertándome de mi ensoñación. Dejábamos atrás las aguas profundas del Atlántico y nos acercábamos a White Meadows, una playa de color turquesa.

—Mira hacia allí. Con disimulo. Lleva un rato escoltándonos —me alertó mi amiga.

—¿Quién?

—Aquel motorista.

Apuntó hacia una moto acuática que nos seguía desde hacía un rato desde cierta distancia. Sobre ella se adivinaba la silueta de un hombre corpulento, seguramente atractivo. O tal vez solo estábamos proyectando lo que esperábamos de aquellas vacaciones sorpresa. Sorpresa para Rose, no para mí. Yo había estado proyectando aquel viaje a las Bahamas desde hacía un año y medio. Con distinta compañía y distinto propósito, claro.

Sentí de nuevo el nudo en la garganta que me había acompañado casi toda la semana. No dejaba de preguntarme cuándo se desharía. Cuándo empezaría a respirar mejor.

Rose me observó. No añadió nada más con respecto al motorista acuático. Era muy consciente de que cualquier ente masculino podía desatar en cualquier momento una de mis repentinas tormentas de lágrimas.

—Te prometo que lo pasaremos bien, ya lo verás. Y que venir aquí ha sido la mejor idea que hemos tenido en siglos.

Rodeó mis hombros con sus brazos, y no supe si aquello me reconfortaba o me hundía un poco más. Lo de Will había sido un mazazo. Me enteré de que me era infiel con una de sus compañeras de trabajo en la mismísima noche previa a nuestra boda; y lo que más lamenté de todo fue no haberlo descubierto por la mañana, porque jamás he pasado una noche más horrorosa en toda mi vida.

Es horrible cuando la angustia no te deja dormir.

Aquella tarde Will —me costaba hasta pensar en su nombre, solo esperaba ir enterrándolo poco a poco en mi memoria— había dejado un teléfono móvil desconocido hasta la fecha sobre el mueble del recibidor de mi apartamento.

Lo hizo sin pensar en un ínfimo detalle: que yo me fijaría en que era la primera vez que lo traía a casa. ¿Y qué haces cuando descubres que tu prometido, con el que te vas a casar al día siguiente, trae un segundo teléfono a casa? Por supuesto, lo revisas con discreción. Era solo la punta del iceberg. Antes ya había indicios que apuntaban en esa dirección.

Y te preparas para lo que puedas encontrar.

Algo que, por supuesto, no suele ser bueno.

Cuando vi con mis propios ojos que Will me era infiel fue como si una fuerza superior apretase mi corazón. Traté de pensar rápido, de mantener la calma y de tomar decisiones certeras. ¿Qué haría Rose, mi mejor amiga, si se encontrase en mi lugar?

Estaba muy claro. Lo primero que haría Rose sería llamarme a mí. Buscarme. Y eso fue exactamente lo que hice. Cogí las llaves de casa, la prueba del delito y recorrí a toda prisa las cuatro manzanas de Manhattan que nos separaban.

Cuando la tuve delante me lancé a sus brazos y me hizo ver que aquello que ya me estaba rondando la cabeza, —y que no era otra cosa que ignorar lo que había visto, aquel intercambio de mensajes que no dejaba ningún lugar a dudas, y seguir con la boda como si nada—, no tenía ningún sentido.

—¿Has visto lo que yo estoy viendo? —me preguntó Rose. Había inclinado su cuello y mantenía el brillo de sus ojos oculto tras las gafas de sol.

Nuestro barco había llegado por fin a su destino: la alucinante playa blanca de White Meadows, justo delante del Hotel Paradiso. Había un pequeño embarcadero donde dos fornidos muchachos parecían aguardar instrucciones.

—Ni siquiera hemos puesto un pie en las Bahamas y ya nos esperan dos macizos.

—Rose, querida —le dije—. Te recuerdo que no vamos solas en el barco. Esos chicos solo están haciendo su trabajo, que parece ser exactamente asegurarse de que no nos caemos de bruces al agua cuando bajemos por la pasarela, por lo que veo.

Pero Rose no me escuchaba. Parecía hipnotizada por la sonrisa perfecta de los dos hombres, quienes, mientras el barco se detenía por completo, se preparaban para amarrarlo al pequeño embarcadero.

Porque esa era la única manera de llegar al Paradiso. En un catamarán. Observé el hotel, enorme y amplio pero de solo dos plantas. Era un exclusivo lugar de vacaciones, recóndito y solo al alcance de los pocos afortunados que se enterasen de su existencia, por lo general por referencia de alguien que había estado. No era el típico hotel para el que podías hacer una simple reserva por Internet. Había lista de espera para pasar unas vacaciones allí y yo sabía muy bien que Will se había peleado hasta lo indecible y había hecho llamadas a más de cinco personas para conseguirnos una habitación. La suite nupcial.

Diez días en el paraíso.

Nuestra luna de miel.

La misma que estaba a punto de pasar con Rose. Diez días tumbadas en una playa, bebiendo cócteles y tratando de olvidar la pesadilla que había supuesto cancelar la boda a último minuto; causando un disgusto a nuestras respectivas familias y amigos y, en definitiva, ahogándonos en un vaso de agua.

En el barco que habíamos tomado en Nassau para llegar al pequeño islote paradisiaco donde estaba el Paradiso viajaban unos veinte huéspedes más, todos preparados para iniciar sus vacaciones. Entre ellos, por supuesto, varias parejas de recién casados. En cuanto los vi besuqueándose en el puerto miré a Rose con cara de cordero degollado y le pregunté por enésima vez si aquello era una buena idea.

—No te preocupes —me había contestado con toda la paciencia del mundo—. Enseguida conoceremos hombres.

—¡Menudo consuelo! Te recuerdo que es una isla casi desierta a la que todo el mundo va emparejado.

—No. No todo el mundo. Allí vive gente todo el año, querida. No sé. Surfistas, pescadores, camareros...¡Náufragos! Ya sabes.

Sabía de su capacidad adivinatoria. Rose siempre ha sido muy de la brujería, pero para mí era importante hacerle entender que lo último que me apetecía en aquel momento era la remota posibilidad de ligar.

—¿Eres consciente de que no quiero saber nada de eso, verdad? —le pregunté, muy seria—. Te recuerdo que la única manera que has tenido de convencerme para no anular este viaje ha sido pronunciar las palabras mágicas, y que ninguna de ellas era "hombres".

Rose me miró. Repitió como un mantra:

—Playa, cócteles, buffet libre, mercadillos artesanales, esnórquel, sol, bronceado y novelas.

—Te olvidas del factor de protección 50 y que he logrado convencerte de que dejaríamos nuestros teléfonos móviles en Nueva York —añadí.

Asintió y cambió de tema enseguida. Uhm. Sospechoso.

# ELSA TABLAC

Eso había sido complicado, la verdad, pero Rose finalmente había accedido a dejar el móvil en casa. Nos aseguramos de que nuestras respectivas madres tuviesen el teléfono de la recepción del hotel por si acontecía alguna catástrofe, pero aparte de eso, había ido allí con la firme voluntad de desconectar al máximo. Solo se nos podía contactar si había alguna emergencia. Lo habíamos dejado bastante claro y todo el mundo lo entendió.

No quería saber nada de mi vida en Nueva York. Solo pedía eso, desconectar durante diez míseros días. Y eso pasaba por dejar el teléfono en casa. Además, aquel maldito aparatejo había sido, muy recientemente, la causa de todas mis desgracias.

Subimos a la estrecha pasarela de madera que conducía hasta el muelle del embarcadero. Shelly, la guía que nos había acompañado desde el puerto de Nassau, permanecía junto al acceso al barco, abrazada a su carpeta, contando mentalmente a cada uno de los pasajeros que lo abandonaba. No teníamos muy claro si debíamos despedirnos de ella definitivamente o nos acompañaría hasta tierra firme.

Los dos mozos nos esperaban junto a la pasarela y al parecer, según me había susurrado Rose, su función no era solo darnos la mano para que nos diésemos de bruces. Ellos se ocuparían también de llevar nuestro equipaje hasta la puerta de nuestra habitación.

Ahí fue cuando lo vi por primera vez. En todo su esplendor.

Lo primero que admiré de Luke fue su mano, morena y fuerte. Curtida por el sol. Atrapó la mía en un suspiro, como si nuestras extremidades tuviesen propiedades magnéticas. En cualquier circunstancia me habría molestado ese contacto tan repentino, —y de hecho me pilló por sorpresa—, pero creí que se limitaría a ofrecerse como un simple punto de apoyo y la realidad fue que noté cómo sus dedos se aferraban a los míos.

—¿Esto es normal? —murmuré entre dientes. Me giré un segundo para consultar con Rose, que muy probablemente no sabía a qué me estaba refiriendo, pues ella se había agarrado a las cuerdas que ejercían de pasarela.

—Estamos en el Caribe, querida —contestó—. Por supuesto que es todo normal.

Pero entonces levanté la vista y me topé con su sonrisa. Con sus ojos no, pues se ocultaban tras unas gafas de sol. Pero debían ser preciosos. Y era mucho mejor así, pensé, pues quería mantenerme firme en mi voluntad de no prestar la más mínima atención a ningún hombre.

No después de todo lo que había sucedido.

Solo quería unas vacaciones.

Creéme, necesitaba unas vacaciones. ¿Acaso era mucho pedir?

# CAPÍTULO 2

## LUKE

La morena de la mirada triste hizo un mínimo esfuerzo por sonreír cuando soltó mi mano y me aseguré de que pisaba con firmeza el suelo del embarcadero.

Recuerdo lo que pensé en ese preciso instante: que haría cualquier cosa porque aquella mujer volviera a sonreír de verdad.

Llevaba unas pocas semanas en White Meadows y estaba a punto de tomar las riendas del negocio familiar: el Hotel Paradiso. Pero en ese tiempo, ni en todos los años en los que había pululado por aquella playa, aburrido, no había visto jamás a nadie llegar con un semblante tan triste.

El Hotel Paradiso es propiedad de mi padre, Weston Davies; quien preparaba su jubilación desde hacía ya unos años. Y antes lo fue de mi abuelo, Wilbur Davies. Mi hermano pequeño Lloyd, tenista profesional, nunca ha sentido ninguna inclinación hacia el negocio familiar, así que dado que el viejo Weston no quería ni oír hablar de vender el hotel, todo apuntó siempre a que sería yo mismo quien se ocuparía de dirigir el hotel cuando él se retirase.

Y eso era precisamente lo que estaba haciendo en las últimas semanas: preparando una transición de la manera más tranquila posible pero que al fin y al cabo iba a suponer un cambio drástico en mi vida. Dejar atrás mi día a día en una de las escuelas de negocios más prestigiosas de Boston para instalarme en una isla perdida del Caribe, mientras que mis padres se retirarían a una isla vecina. Y yo viviría en una casa anexa al hotel.

Ese era mi futuro y lo había aceptado de forma serena y natural en los últimos tiempos.

## HOTEL PARADISO: HISTORIAS 1 - 4

Si alguien me hubiese preguntado hace unos años si lo que quería hacer con mi vida era abandonar la ciudad e instalarme en una playa, al frente de un gran negocio, lo hubiese mirado como si estuviera loco. Pero ya cumplidos los treinta y cinco y después de haber vivido intensamente la noche de Boston, y con ello todas las relaciones locas y superfluas a las que parecía destinado; me pareció que lo que me corrrespondía, y donde encontraría la verdadera felicidad, era en la playa de White Meadows.

Y mis sensaciones en aquellas primeras semanas eran buenas, muy buenas.

Había llegado allí sin ataduras de ninguna clase, dispuesto a absorber conocimientos como una esponja, y una de las primeras cosas que acordé con Ellen, la gerente del hotel y la hasta ahora mano derecha de mi padre en el negocio, fue que me remangaría y aprendería sobre cada uno de los puestos de trabajo del hotel. Y eso implicaba pasar una semana en la cocina, otra preparando cócteles, otra en el servicio de habitaciones, otra en la recepción, otra arreglando las estancias cuando se marchaban los huéspedes...

Y otra, la última de mi máster acelerado sobre los mecanismos internos del Hotel Paradiso, recibiendo a los nuevos huéspedes en la playa, junto al embarcadero, y transportando su equipaje hasta la puerta de sus habitaciones.

Y eso era exactamente lo que estaba haciendo cuando vi llegar a Erin Crawford, con su amiga exuberante y su sonrisa desdichada.

En cuanto se alejaron hacia el hotel en compañía del resto de huéspedes, me giré hacia Burton, mi compañero esa semana y le pregunté si me excusaba un rato. Hacerle una petición de ese tipo era tal vez algo injusto, pues Burton no tenía demasiada opción de decirme que no.

Por suerte uno de los mozos que se ocupaba del embarcadero estaba libre en ese momento y me relevó en el asunto del traslado de equipajes.

Los dejé allí y regresé de inmediato al hotel.

Instintivamente aceleré el paso hacia el despacho privado que había tras la recepción del hotel. A esas horas estaría desierto, a pesar de que ya me lo había adjudicado hacía un tiempo. Realmente aquellas semanas en las que había ejercido todo tipo de empleos en el hotel me habían hecho olvidarme a ratos de que pronto todo estaría bajo mi supervisión y que desde allí me aseguraría de que todo marchaba bien y que nuestros huéspedes, nuestros "amigos", como los llamaba mi padre, tenían la mejor experiencia posible en casa.

Golpeé la puerta del despacho con los nudillos y al ver que nadie me contestaba, entré sin más.

Me fui directo hacia el ordenador. Quería ver el listado completo de las admisiones de aquel día, de todos los "amigos" que llegaban esa mañana para pasar sus vacaciones en el hotel Paradiso.

El hotel no admite a más de cien clientes al mismo tiempo, conviviendo bajo nuestro techo. Tenemos ochenta espaciosas habitaciones y a pesar de que el recinto es inmenso nos gusta recibir a todo el mundo con todas las atenciones posibles. Aquí no puede existir el agobio ni la masificación. Esa siempre ha sido una de las máximas de los Davies a la hora de llevar las riendas del negocio.

Abrí el documento de admisiones de aquel día y revisé con atención el listado. Con un objetivo claro, por supuesto: quería saber el nombre de aquella mujer que viajaba con su amiga (en ese momento se cruzó por mi mente la posibilidad de que fuesen pareja, pero por algún motivo, tal vez por mi ego descontrolado, lo descarté de inmediato).

En aquel barco habían llegado seis parejas —para seis habitaciones dobles— y una familia de tres personas, dos padres de mediana edad y su hija. El Hotel Paradiso era solo para adultos, así que no era nada común que una pareja viajase con alguno de sus hijos mayores de dieciséis años. Las tres habitaciones familiares de las que disponíamos rara vez estaban ocupadas.

Revisé el listado de nombres una y otra vez, pero no vi ninguna reserva a nombre de dos chicas.

*Qué extraño*, pensé. ¿Había algún error en el sistema?

Marqué el número de Ellen, quien a aquellas horas de la mañana debía estar organizando el programa de actividades que ofreceríamos a los nuevos huéspedes, así como el cóctel de bienvenida, previsto para esa misma tarde.

—¿Puedes pasar un momento por el despacho de recepción? —le pedí, como si fuese algo urgente.

Y lo era. Al menos para mí.

Quería investigar de forma discreta. Tal vez lo más sencillo habría sido acudir a recepción y pedirle a Kayla, quien se ocupaba en ese momento de la entrega de llaves, que me aclarase aquel misterio, pero no quería toparme de nuevo con la preciosa chica de la sonrisa triste sin estar al corriente de la situación.

Por suerte, Ellen estaba siempre al tanto de todo.

Era consciente del rumor absurdo que había circulado por el hotel respecto a si yo me plantearía o no prescindir de sus servicios ahora que mi padre se retiraba, pero no había nada más lejos de mi intención. Ellen era magnífica. La necesitaba a mi lado. Así me lo había aconsejado mi padre y así lo había percibido yo mismo durante las primeras horas en las que nos conocimos.

Pasaron unos cinco minutos y escuché unos leves golpecitos en la puerta.

—Adelante.

Ellen entró, como siempre vestida con uno de sus inmaculados trajes de chaqueta. Jamás descuidaba ni un solo detalle de su vestimenta, a la que consideraba prácticamente un uniforme, a pesar de que buena parte de nuestro día a día tenía lugar en la playa o sus alrededores.

—Espero que no se trate de un problema —dijo—. Porque hoy ya he apagado cinco o seis fuegos.

—Más bien estaríamos delante de un misterio.

## ELSA TABLAC

Se acercó a mi mesa dando dos grandes zancadas con sus zapatos de salón y la rodeó para observar lo que yo ya señalaba en la pantalla de mi ordenador.

—Estas son las admisiones de hoy, pero estoy revisando el listado y no veo que haya ninguna habitación ocupada por dos señoras. ¿Es correcto? Sin embargo hoy he estado ayudando a Burton en la recepción de huéspedes y equipajes y he visto a dos chicas que iban juntas. La cuestión es que no sé si hay algún error en la lista o....

Ellen parpadeó dos veces antes de apartar la mirada de la pantalla y clavarla en mí. Uno de los motivos por los que estaba convencido de que íbamos a ser un buen equipo era porque estaba empezando a adivinar sus pensamientos.

Seguro que lo que estaba pensando era que aquello no era ningún misterio, ni tenía por qué preocuparme a mí.

—¿Burton? ¿Equipajes?

—Sí. He estado tres horas con él en el embarcadero esta mañana.

—Pero, no entiendo, ¿aún sigues con esa excentricidad de trabajar unos días en cada uno de los puestos del Paradiso?

—Por supuesto que sí. Quiero conocer cada uno de los retos diarios a los que nos enfrentamos y a todos y cada uno de los miembros de nuestro equipo. Ya te dije que no era ningún postureo. Así es como entiendo yo los negocios. Vas a ver algunos cambios positivos por aquí, ya verás. Tengo miles de ideas.

Ellen se encogió de hombros. Seguramente alguien le habría advertido que no tenía mucho sentido tratar de discutir conmigo o convencerme de que desistiera de algo que se me hubiese metido entre ceja y ceja.

Aún así, tenía la respuesta para mí. No esperaba menos de ella.

—Vale. Creo que sé exactamente de quién hablas. De Erin Crawford y de la sustituta, Rose Wall.

—¿La sustituta?

—Sí, justamente es una historia que Kayla me ha explicado esta mañana, después de los turnos del desayuno. La señorita Crawford había escogido el Paradiso para su luna de miel. Sin embargo, todo apunta a que finalmente no ha habido boda y ha decidido venir con una amiga. Por eso en la reserva debe aparecer aún el nombre del señor.

Vaya, vaya. Eso sí que no lo esperaba.

Tomé nota de los nombres que Ellen acababa de mencionar. Ella aguardó a mi lado, tal vez a que le revelase el motivo de mi interés.

—¿Por? —preguntó.

—Nada, me extrañó, es todo. Estamos en temporada alta de luna de miel. ¿El novio murió?

A aquellas alturas ya tenía perfectamente claro que la mujer que me había hipnotizado era Erin Crawford y la única razón que se me ocurría para que algún hombre cancelase su boda con alguien así era que hubiese sufrido un fatal accidente.

Ellen se encogió de hombros.

—¿Cómo voy a saber eso?

Bien. Me daba lo mismo. Solo significaba que tendría las cosas un poco más difíciles, pero la falta de información no me iba a detener.

—Creo que sería todo un detalle que enviásemos un ramo de flores a su habitación.

—¿A las dos? —preguntó Ellen.

—¿Las dos de la tarde?

—No. Ahora. Me refiero a las dos huéspedes.

Suspiré y estiré mi respuesta:

—Quiero decir: a la chica que iba a celebrar aquí su luna de miel. Hagamos que se sienta bien. No debe ser fácil tomar una decisión de ese tipo. Me parece un detalle bonito.

—¿Qué tipo de flores?

—Ellen, confío en ti para que te encargues de esto personalmente. El tipo de flores que te gustaría recibir si tu boda de repente se viniera abajo.

¿Por qué tenía que ser todo tan complicado? ¿Por qué no podía simplemente enviar mis deseos y órdenes de forma telepática para evitar malas interpretaciones?

La gerente se recompuso, dio dos pasos hacia la puerta y me dijo:

—Flores. Entendido. Déjalo en mis manos, Luke. Yo me encargo. ¿Quieres que añada alguna nota?

Busqué papel con el membrete oficial y boli en uno de los cajones del escritorio. Garabateé una nota y se la entregué.

—No tengo ningún sobre a mano. Por favor, encuentra...

—Sí, sí, no te preocupes, Luke.

Cogió la nota y abandonó el despacho.

Por supuesto que Ellen iba a leerla. Pero es que no me importaba lo más mínimo que todo el mundo se enterase de lo que estaba sintiendo, lo que me estaba atravesando desde que Erin Crawford había puesto un pie fuera del glorioso barco que la trajo hasta mí.

Esas cosas se saben al instante.

Esa mujer se reconoce en cuanto la ves.

# CAPÍTULO 3

**ERIN**

Debo reconocer que sentí cierta decepción cuando vi que el chico que se ocupó de nuestro equipaje y nos lo trajo a la habitación no era el mismo que me había ofrecido su mano para descender por la pasarela del barco.

No le dije nada a Rose al respecto, porque sabía que estaba algo ansiosa por animarme cuando en realidad yo solo me conformaba con languidecer en una de las hamacas de la playa que veía desde nuestra terraza y que ya me llamaban poderosamente.

—Esta habitación es espectacular. Es gigante. ¿Y has visto esta terraza? —dijo Rose, paseándose por el salón con los brazos extendidos—. ¿Qué hemos hecho para merecerla?

Dejé escapar un suspiro.

—Es una de las suites *Honeymoon*. Para recién casados. Solo hay tres o cuatro disponibles en todo el hotel, creo—contesté.

La chica de la recepción, Kayla, había sido muy generosa dejándonos ocupar la misma habitación que había en la reserva original, a pesar de las circunstancias.

Eran las dos de la tarde y ya habíamos almorzado algo en el puerto de Nassau, justo antes de zarpar en el barco, así que teníamos toda la tarde libre antes de la cena. Me debatía entre dar una vuelta por el enorme hotel para reconocer el territorio o colocarme el bikini y lanzarnos directamente a la playa y atender la llamada de las hamacas.

Hacía años que no viajaba con Rose a pesar de que nos veíamos a menudo en Nueva York. No solíamos perdonar nuestro cóctel semanal. Era una tradición que habíamos mantenido contra viento y marea desde tiempos inmemoriales. Y a pesar de ello Rose, en cierto sentido, seguía siendo un enigma para mí. Su última relación seria se había volatilizado hacía ya casi un año y desde entonces no soltaba prenda sobre el estado de su corazón. No sé si era una coraza o simplemente tenía puesta su atención en otros asuntos. Lo dicho, un misterio.

Soltó un grito de alegría cuando abrió la nevera y vio una botella de Moët Chandon bien fría.

La agarró y la sacudió en el aire como si fuera un trofeo.

—No vamos a esperar, ¿no?

—¿Esperar a qué? —fue toda mi respuesta—. Adelante con ello.

Iba a soltarle un discurso sobre por qué considero que la paciencia está sobrevalorada, y de paso que puedes pasar cuatro años esperando el día de tu boda junto a la persona equivocada, cuando llamaron a la puerta. Me acerqué, con la ridícula esperanza de que fuese el chico que nos había recibido en el embarcadero.

Era una elegante mujer semioculta detrás de un precioso ramo de peonias rosas.

—Para Erin —dijo.

—Yo soy Erin.

Me miró de arriba abajo y me sonrió.

—Ahora lo entiendo todo —murmuró, mientras me entregaba las flores —. Esto es, uhm...un pequeño detalle de bienvenida para vosotras. Para ti.

—Guau. No sé qué decir. Son preciosas. He visto que hay un jarrón sobre la cómoda. Las pondré en agua. Muchísimas gracias...

—Ellen. Soy la gerente del hotel. ¿Está todo a vuestro gusto en la habitación?

Pensé de nuevo en el guapo desconocido del comité de bienvenida. Tal vez podría preguntarle a Ellen por él. No en ese momento, claro. Eso resultaría un poco desesperado. Al día siguiente, ¿tal vez? No sabía muy bien qué me estaba pasando. Lo atribuí enseguida a mi subconsciente deseoso de enterrar la pesadilla nupcial de los últimos días.

Sonreí. Y eso era algo que a cada hora que pasaba me costaba un poquito menos.

—Está todo perfecto, muchas gracias. Kayla nos ha explicado todo.

La mujer me dio su tarjeta. Me sorprendió un poco el gesto, lo veía un poco anticuado, y eso me hizo pensar en que tal vez el tiempo en White Meadows, o incluso en el Hotel Paradiso, estaba un poco detenido. Al fin y al cabo todos estábamos allí para hacer un paréntesis en nuestra rutina.

Ellen se despidió y cerré la puerta.

Fui directamente a buscar el jarrón para poner las flores en agua, pero ya había visto el pequeño sobre blanco incrustado entre los tallos.

—Cómo se nota que estamos en un hotel de categoría —dijo Rose.

—Créeme, soy consciente. Me he dado cuenta en el momento en que hemos bajado del barco —contesté.

No podía callármelo más.

—Me ha encantado el chico que nos ha recibido a la llegada.

Rose sonrió de forma enigmática.

—El moreno alto. Lo sé.

—¿Lo sabes? ¿Y no has soltado ni uno de tus ácidos comentarios al respecto?

Me lanzó una de las almohadas de raso blanco con forma de corazón.

—No. Sin que sirva de precedente, me he callado. Solo me he dedicado a proyectar en silencio para que te lances a sus brazos lo antes posible. Y me temo que si abro mi bocaza y opino al respecto lo arruinaré todo.

Cogí el jarrón y fui a la pequeña cocina para llenarlo de agua. En ese momento estaba tan desconcertada por la visita repentina de Ellen que incluso olvidé abrir el sobre que lo acompañaba, que quedó sobre la mesa de la cocina.

Coloqué las flores sobre la mesa del salón y desvié mi mirada hacia el mar, a través de las puertas del balcón. La perspectiva de aquella playa de arena blanca ocupó por completo mi mente. No veía nada más allá de esa inmensidad azul que me llamaba a gritos, como si sumergiéndome en ella iniciase mi proceso de purificación.

Y tal vez de curación.

—¿Vamos? —preguntó Rose.

Asentí.

—Dame cinco minutos, me pongo el bañador y el protector solar.

Rose y yo localizamos bastante rápido nuestro rincón perfecto en la playa y decidimos que no nos moveríamos mucho de ahí en los próximos diez días. Era ideal. No demasiado lejos del agua, estratégicamente cerca de una gran palmera que evitaba que el sol cayese a plomo sobre nuestra piel y, sobre todo, con una interesante vista del embarcadero donde a aquellas primeras horas de la tarde se acercaba otro catamarán procedente de Nassau para desembarcar a una nueva remesa de huéspedes.

Extendimos nuestras toallas sobre las hamacas y nos parapetamos bajo las gafas de sol y las elegantes sombrillas del resort.

—Ahí llega una nueva horda —dijo Rose, como si fuese la ama y señora del lugar—. Veamos qué nos traen.

Alcanzó su cesta playera y empezó a revolver en su interior.

—Recuerdo que la chica que nos acompañaba en el barco me dijo que hoy llegarían dos grupos al hotel en lugar de uno —dije.

Atónita, observé cómo Rose sacaba de su bolso unos pequeños prismáticos y se los acercaba a la vista.

—No te creo —le dije—. ¿Unos prismáticos, Rose? ¿Eso no es de pervertida?

—Por supuesto. Recomiendo llevar siempre unos encima. Por ejemplo, para poder admirar lo que estoy viendo ahora mismo.

—Qué es.

—Tu novio. El mozo de las maletas. Está acercándose al muelle ahora mismo para recibir al segundo barco.

## HOTEL PARADISO: HISTORIAS 1 - 4

Le arrebaté los prismáticos en cuanto lo mencionó. Identifiqué la tristeza que me invadió al instante. Por primera vez en días no se debía a la boda desmoronada, sino al simple hecho de que no sabía el nombre de aquel desconocido, para quien yo era invisible e inexistente. Una más de "la horda". Una clienta. Él me había tendido su mano al llegar a aquella isla perfecta, pero solo porque esa era su obligación.

Lo observé a través de las lentes, cerca y lejos al mismo tiempo. Paseaba en círculo por el embarcadero mientras aguardaba el desembarco de los pasajeros. Su compañero, el mismo que nos había recibido a nosotras, estaba allí con él. En un momento se giró hacia donde estábamos nosotras y miró en mi dirección.

Decidí sostener los prismáticos, no hacer ningún gesto brusco para no llamar su atención. Aunque estaba convencida de que era imposible que nos viese desde esa distancia.

Y entonces saludó.

¿Me saludó?

O, simplemente, agitó el brazo mientras inclinaba el torso en nuestra dirección.

Los prismáticos cayeron sobre la toalla, y Rose se inclinó para retomarlos rápidamente.

—Ojo. Son muy delicados —me regañó.

—Es guapísimo —murmuré.

Lo era. Nadie podía negar lo evidente. Tenía un cuerpo de dios griego, esculpido en una forja milagrosa. Irradiaba una energía cálida y magnética que te arrastraba hacia el hueco que formaban su pecho y sus brazos bronceados. Ese sí era el refugio caribeño perfecto y no este precioso hotel.

—Nos está saludando —dijo Rose, levantando su brazo.

—¿A nosotras? Imposible —contesté.

Eché un vistazo a la playa. Lo cierto es que no había nadie más por allí. Sujeté el brazo de Rose para que parase, pero ella no desistió hasta que murmuró:

—A nosotras, sí. De hecho viene hacia aquí.
—Oh, dios mío.
Qué horror. Me sentía como una adolescente avergonzada, con las hormonas a flor de piel.
—Sí. Viene. Yo de ti no lo dejaría escapar, Erin. Una noche. Una sola noche. Aliviará tu dolor. Quién sabe, igual hasta lo hace desaparecer del todo. Y qué son unas vacaciones sino exactamente eso.
Mientras escuchaba las palabras que Rose pronunciaba como si fuese una de sus profecías yo ya me resistía en silencio a que mi encuentro con aquel hombre se limitase solo a una noche. Una noche podría curarme, sí, pero yo aún no sabía su nombre y ya imaginaba todo un futuro en aquella playa.
Agité la cabeza y sonreí. Él había empezado a correr hacia nosotras, pero en cuanto estuvo más cerca aminoró el paso.
*Menudas películas te montas, Erin,* pensé.

# CAPÍTULO 4

# L<small>UKE</small>

—SOY LUKE. CREO QUE antes no me he presentado.

Omití mi apellido con toda la intención del mundo. Allí y entonces quería ser simplemente Luke.

Primero extendí la mano a su amiga y después a ella, porque quería volver a retenerla unos segundos más de la cuenta para que no hubiese duda alguna con respecto a mi verdadera intención. Y por si acaso la hubiera estaba dispuesto a despejarla en ese mismo instante. Iba a preguntarle a Erin si quería dar un paseo por la playa.

Porque aunque me encantó que brotase de su garganta, yo ya sabía su nombre y su apellido. Que por suerte seguía siendo su apellido de soltera. Erin Crawford.

Ellen no había sido de gran ayuda a la hora de investigar qué había sucedido exactamente con la reserva original de Erin, por lo que me puse manos a la obra y después de pedirle que le hiciese llegar las flores, busqué de nuevo en nuestro motor de reservas y nuestros archivos internos para asegurarme de que tenía el camino totalmente libre en lo que a Erin respecta.

Aunque sinceramente, si no hubiese estado totalmente libre me habría dado igual.

A aquellas alturas estaba acostumbrado a conseguir cualquier cosa que me propusiera.

No es arrogancia, de verdad. Es pura tenacidad. Determinación. Y confianza en que las cosas que vienen hasta mí sin esperarlas son las correctas. Las que se quedan.

Averigüé, con la pequeña pista que nos proporcionó Kayla, lo que había sucedido exactamente con la boda frustrada de Erin. Su prometido, ese desgraciado de Will Mason, había llevado una doble vida hasta el último minuto. Erin lo descubrió, por suerte antes de casarse y subirse con ella a ese barco. ¿Cómo he descubierto todo eso? Después de una exhaustiva investigación en Instagram.

Pensé por un momento en lo que habría sentido si la hubiese visto bajar del catamarán acompañada de su recién estrenado marido, probablemente con los ojos brillantes.

Lo mismo, habría sentido lo mismo.

Y no tengo la menor idea de qué habría sucedido.

Por eso tenía la firme convicción de que no podía dejar escapar aquella oportunidad. Y no pensaba esperar al último día.

Erin se incorporó y se puso de pie.

—¿Quieres dar un paseo por la playa? —le pregunté. Solo tenía ojos para ella, pero enseguida recapacité y me incliné hacia Rose, su amiga.

—Queréis —corregí enseguida.

—Ve tú, Erin. Yo estoy esperando una llamada. Además, mi libro está demasiado interesante.

Erin pareció algo desconcertada ante la respuesta de su amiga, pero aceptó enseguida.

—Me encantaría conocer los alrededores —contestó con una sonrisa—. Vuelvo enseguida, Rosie.

Me hizo gracia su expresión, "los alrededores", porque desde donde estábamos solo se veía una inmensidad azul y blanca rodeándonos. Nada iba a distraerme de su belleza. Solo podíamos alejarnos en compañía del otro, no había mucho que conocer en la playa de White

Meadows porque era el lugar perfecto para fijar la vista el horizonte y olvidarse de todo.

Quería preguntarle cómo estaba, consolarla si lo necesitaba o arrancarle una sonrisa, pero no podía hacerlo porque eso me delataría. Erin sabría que habría estado indagando sobre ella.

—Luke, ¿eres de aquí? Siempre me preguntó quién vive en estas islas en realidad.

—Soy de Nassau. Pero White Meadows es ahora mi hogar, sí.

Se detuvo un segundo. Nos habíamos alejado unos veinte metros de Rose y el mundo, como ya suponía, había desaparecido bajo nuestros pies. Si eso no es una señal de que estás delante de la mujer perfecta...

—Siempre he querido saber cómo debe ser vivir y trabajar en un sitio donde todo el mundo viene a relajarse...y a olvidar.

Su tono de voz se tornó melancólico. Pero Erin parecía dispuesta a hacer un esfuerzo extra por animarse.

—No hace mucho que vivo aquí —le dije—. He pasado unos años en Boston...

Me mordí el labio. No quería contarle mucho sobre mí. Al menos no todavía. Quería, en cambio, saber todo sobre ella, o al menos averiguar hasta dónde me dejaba avanzar.

—Eso es para mí un pensamiento recurrente. Dejar atrás una vida en la ciudad. Tener un trabajo que no te dé demasiados quebraderos de cabeza. Una existencia sin demasiadas complicaciones y rodeado de todo esto. Yo vivo en Nueva York, ¿sabes? Y es agotador. Estoy exhausta.

—Y te olvidas de estar siempre bronceado —añadí.

Sonreí.

En realidad mis quebraderos de cabeza eran bastante recurrentes, sobre todo desde que mi padre me dijo que tenía previsto adelantar su jubilación, pero no la corregí. Al contrario, la entendía a la perfección.

Observé el perfil de Erin, caminando a mi lado. Las olas rompían alrededor de nuestros pies y regulaban nuestra temperatura. La mía al menos estaba por las nubes. Me era imposible disimular lo excitado que estaba. Era el calor y el olor del mar, pero también la proximidad de su cuerpo. Contemplé de reojo el perfil de sus pechos, agitándose levemente bajo su elegante bañador.

¿Qué hombre en su sano juicio podía dejar escapar una mujer así, por dios?

Era una pregunta que me martirizaba.

Simplemente no me podía creer aquella situación.

Alargué la mano y rocé los dedos de la suya, solo para observar su reacción.

Necesitaba saber si aquello que me estaba consumiendo le rondaba a ella también.

Erin se giró y miró a lo lejos, esquivando por un momento mi mirada. Solo esperaba que no buscase una vía de escape. Que no saliese corriendo y me dejase varado allí, como un naufragio desastroso.

Pero no huyó. Solo dio la espalda al mar y después se acercó un paso más a mí.

Y la energía que nos envolvió fue imposible de ignorar. Mis manos recorrieron aquellos brazos. Los mismos que aún no había tocado el mar turquesa.

Noté como su piel se erizaba. Pero no se apartó. Quería seguir acariciándola pero no podía si ella no me daba un permiso más explícito.

—Estoy de vacaciones, Luke —susurró—. Supongo que quiero olvidarme de todo.

Sus ojos se perdieron en la arena y yo la atraje hacia mí. Acaricié su cuello y la arista perfecta de su mandíbula y la besé. Primero un acercamiento suave a sus labios, y luego un intento de calmar el volcán que se abría paso.

Nos enredamos de pie, en la orilla, en la que sería para siempre nuestra playa.

O tal vez solo lo sería en mi desbocada imaginación, porque estaba construyendo un inmenso castillo de arena en el aire. Me había permitido besarla; sí, y estaba recreándome en cada milímetro de sus jugosos labios, pero como ella acababa de decir, estaba allí de vacaciones.

Yo era una simple vía de escape. Un tipo más o menos atractivo que podría hacerla sentir bien. No curarla, pero sí aliviar sus heridas.

Los besos alivian.

Podía distraerla.

Podía ser una distracción.

En aquel momento, cuando yo ya sabía que estaba perdido y que no había marcha atrás posible, lo único que me quedaba era decidir si aceptaría ser solo eso para Erin Crawford.

# CAPÍTULO 5

E**RIN**
Observé mis mejillas encendidas en el espejo. Había usado suficiente protector solar, así que sabía perfectamente a qué se debía aquel súbito enrojecimiento. O no tan súbito. Estaba acalorada desde aquel sorpresivo y osado beso en la playa con el chico de las maletas.

Luke.

Había acudido a presentarse y yo creí que era una simple cortesía de los empleados para con los huéspedes del Hotel Paradiso, pero sentí la misma electricidad que cuando me había ofrecido su mano por primera vez para ayudarme a bajar del barco.

Rose apoyó su barbilla en mi hombro y contempló mi reflejo.

—Esta noche cae —susurró.

—Oh, vamos. Te recuerdo que acabamos de llegar. ¿No llevamos ni un día en las Bahamas y ya me estás buscando problemas?

—¿Yo? Te los buscas tú solita, querida.

Rose se alejó de nuevo mientras se preparaba para la cena. La encontraba algo distinta desde esa mañana. Más silenciosa. Sin duda, algo estaba tramando. Había sido muy generosa adelantando sus vacaciones para acompañarme estos días, a pesar de que estaba ocupando la plaza de Will. Es decir, nadie en su sano juicio descartaría unas vacaciones gratis en las Bahamas.

La seguí hasta el salón. Me había puesto un sencillo vestido blanco, tal vez más adecuado para la recta final de las vacaciones, cuando mi bronceado se acentuase un poco más. Pero ni siquiera había deshecho del todo la maleta.

No me atrevía a decirle a Rose que algo me estaba sucediendo desde que me había cruzado con aquel chico.

## HOTEL PARADISO: HISTORIAS 1 - 4

—Es solo una pequeña distracción —le dije.
—Ya. Mira.
Sacó un teléfono móvil de su bolso y me enseñó la pantalla. Hice un pequeño aspaviento.
—Creí que habíamos acordado no traer el teléfono.
Soltó una risita nerviosa.
—Este no es mi teléfono principal.
Eso me traía muy malos recuerdos.
—¿Qué os pasa a todo el mundo? ¿Ahora no es suficiente con un solo teléfono?
—Debo confesar que he dejado en casa el teléfono del trabajo. Este es el personal —dijo Rose—. De todas formas, mira. Os he hecho una foto preciosa.
Me mostró una imagen, dos figuras en la playa recortadas bajo el atardecer, unidas por un beso. Éramos Luke y yo.
—Paparazzi —murmuré. Pero era imposible echarle la bronca porque la instantánea era realmente preciosa.
—Creo que te gusta.
—Por supuesto que me gusta. Tú lo has visto, ¿no? Es como un Dios del Olimpo. Me vendría muy bien algo así para...
Rose me lanzó una de esas miradas que indicaba que sabía muy bien lo que pasaba por mi cabeza. A veces cuando alguien te conoce tan bien no hay forma humana de disimular.
—Me refiero a que te gusta de verdad. Y con respecto a que acabamos de llegar, mucho mejor. Así tendrás más días para disfrutar de él. De su compañía, quiero decir. Por mí no te preocupes, yo me entretengo solita.
No quería decirle que sí, que había sentido algo precioso e intenso cuando aquel chico me había besado.
Aún así algo me obligaba a seguir negándolo.
—Rose, aunque así fuera, te recuerdo que estamos aquí de vacaciones. Diez días. Y luego, a la vuelta en Nueva York, me espera

un largo periodo de recuperación. No quiero saber nada de ningún hombre en una larga temporada. Esa era la idea.

Era.

—Ese tal Luke es perfecto —dijo Rose—. Y parecía súper educado. Pero solo puede ser una distracción, Erin. No es que te esté dando la razón, es que en la playa te he visto cuesta abajo y sin frenos. Y no he venido aquí solo a recoger los pedacitos. Quiero que desconectes, lo pases bien y empieces a recuperarte.

Sabía muy bien por qué Rose decía aquello. La quería mucho, pero a veces podía resultar un poco elitista. Traumas del pasado, sin duda. Ella procedía de un entorno humilde, algo que nadie diría si la observas caminar. Siempre tan elegante, con un gusto tan exquisito para vestir y con esas joyas delicadas que compra en algún lugar de Manhattan del que nunca habla.

Siempre interesada de manera sutil en hombres con dinero. Nunca lo decía de forma explícita, pero conociendo su historial de citas era fácil dibujar un perfil de hombre que se perpetuaba constantemente.

Por supuesto que consideraba a Luke "una distracción". Al fin y al cabo era "el chico de las maletas". Un tipo guapo y relajado que nos había recibido a pie de playa. Parte del decorado idílico e irresistible que nos rodeaba.

Un espejismo temporal y perfecto.

Solo que para mí era un espejismo muy real.

Terminamos de cenar en el salón Marfil a eso de las diez de la noche y Rose y yo nos acercamos a la barra de una de las tres elegantes coctelerías del Hotel Paradiso. La noche era perfecta. Una banda de jazz se había acomodado en uno de los rincones de la terraza y el rumor de las olas al fondo se colaba entre canción y canción.

Rose y yo nos acercamos a la barra y decidimos que aquel sería, por defecto, el mejor lugar en el que apostarse por las noches.

De repente se puso muy recta y murmuró:

## HOTEL PARADISO: HISTORIAS 1 - 4

—¿Me disculpas un momento? Vuelvo enseguida. Me he dejado algo en la habitación.

Asentí mientras degustaba mi copa, un Sex on the Beach que habíamos pedido con esperanza premonitoria.

Rose se levantó y se perdió entre la multitud, dejándome sola en la barra. Esto, por suerte, nunca ha sido un problema. Hacía tiempo que no viajaba con ella, pero en nuestras escapadas pasadas siempre nos concedíamos ratos de soledad de los que ambas disfrutábamos.

Lo único que me mosqueaba era el asunto de ese teléfono que había decidido esconder en la maleta a última hora, ya que habíamos acordado dejarlos en casa como experimento social. Mi sospecha era que la repentina huida de Rose tenía que ver con el dichoso móvil.

Me concentré en la copa mientras observaba el ir y venir de los huéspedes. Todo el mundo parecía relajado y tranquilo. Vi al matrimonio que iba con su hija adolescente en el barco. O tal vez era un poco mayor, dieciocho o diecinueve años. Y también estaba por allí la gerente, Ellen, quien nos había traído el ramo de flores a la habitación. Recordé la tarjeta prendida entre los tallos que había dejado sobre el mármol de la cocina y que había decidido no abrir en última instancia.

No la había abierto, en el fondo, porque temía que se tratase de uno de esos ramos que reciben por defecto las recién casadas junto a una botella de champagne en su suite nupcial. Un detalle que alguien se hubiese olvidado anular y que me provocase un dolor repentino.

Observé un pequeño tumulto en una de las puertas de acceso a uno de los grandes vestíbulos del hotel, que comunicaba directamente con la terraza donde tenía lugar la animación nocturna. El rumor cercano del mar me había mantenido en calma hasta que apareció él. Luke. Con un aura muy distinta de la que tenía durante el día.

Creo que lo aprecié mejor de noche.

Aquel hombre era más o menos de mi edad y observé cómo de repente se abría paso entre la multitud transformado en alguien mucho más misterioso y elegante. No era el muchacho de las maletas. Era alguien que despertaba admiración a su paso, a quien saludaban con una sonrisa los camareros con los que se cruzó.

Yo no podía apartar la mirada de su trayectoria y él, sin mirarme ni una sola vez, parecía dirigir sus pasos directamente hasta mi corazón.

Dejé la copa sobre la barra.

Y en solo dos minutos, en los que mi pulso se aceleró sin que yo pudiera frenarlo de ninguna manera, Luke se plantó a mi lado y me susurró al oído unas palabras para las que yo no tenía respuesta. Solo podía reaccionar levantándome y siguiéndolo.

*¿Me acompañas un momento, Erin?*, me preguntó.

# CAPÍTULO 6

## LUKE

Conozco esta playa y cada uno de sus recovecos como la palma de mi mano. Y era el lugar perfecto para estar a solas con Erin. White Meadows, ya entrada la noche, era una inmensidad negra y protectora que invitaba a dormir en ella.

Me habría encantado invitar a Erin a cenar en alguno de mis reservados, escucharla repasar los mejores momentos de su vida durante horas y aprenderme de memoria todas y cada una de las cosas que la ilusionaban.

Pero primero necesitaba erradicar de un plumazo su tristeza y sabía perfectamente que lo había conseguido en parte con aquel beso.

Y un solo beso de aquella mujer nunca sería suficiente.

—¿Tu amiga no te echará de menos? —pregunté, por pura cortesía.

Erin negó con la cabeza.

—Siempre se las ha apañado muy bien sola. De todas formas ha desaparecido hace diez minutos y no tengo la menor idea de qué ha ido a hacer.

Llegamos al montículo de Hoover, un conjunto de rocas a unos diez minutos caminando del Club de Playa del Hotel. Los dos hervíamos de anticipación. De deseo. Podía sentirlo. ¿Qué clase de locura es esta? Nos acabábamos de conocer. Y ella era una mujer frágil y dañada. No podía saber que yo estaba ya dispuesto a protegerla, a curarla y a hacer que se olvidase de cualquier fantasma del pasado, por muy reciente que fuese.

White Meadows es tan real como el mundo de ahí fuera. Y lo que yo estaba sintiendo desde que me permitió besarla era real y no podía hacer otra cosa que perpetuarlo. Alimentarlo.

Nos perdimos entre las rocas verticales de Hoover.
—Nunca he hecho esto —me dijo en cuanto la abracé.
—Hacer qué.
—Escaparme con un completo desconocido en mitad de la noche. Estas no son exactamente las vacaciones que esperaba.
La atraje hacia mi cuerpo y la besé en el cuello.
—Pues solo acaban de empezar.

Observé con regocijo que ella, en lugar de intimidarse, luchaba tímidamente con los botones de mi camisa blanca. La ayudé de inmediato. En cuanto quedó abierta sus dedos se perdieron por los pliegues de mis curtidas abdominales. El contacto me volvió loco, y ver que ella respondía frenéticamente a mis caricias me hizo darme cuenta de que no iba a ser unos simples besos. No íbamos a poder contenernos.

Tal vez Erin me estaba utilizando como un paño de lágrimas, un simple mecanismo de defensa.

¿Me importaba?

En ese momento, mentiría si dijese que sí.

Solo podía seguir tocándola. Para mí había sido toda una sorpresa que se desatase conmigo.

La señorita Crawford estaba dispuesta a dejarse llevar y disfrutar del confort del todo incluido.

Aquello era sucio y prohibido. Y la humedad asfixiante y el rugido de las olas lo acentuaba aún más. Podíamos follar allí mismo, regresar al hotel y no volver a dirigirnos la palabra nunca más.

Lo sorprendente era que esa posibilidad me aterrorizaba. Que ella se esfumase en la noche y que abandonase mi realidad a la mañana siguiente. Una auténtica pesadilla.

¿Qué me estaba sucediendo?

¿Cuándo me había preocupado algo así?

—Las rocas —murmuró Erin.

Su espalda desnuda estaba apoyada sobre la pared vertical de piedra. No podía permitir que ni un solo centímetro de su piel se lastimase.

Porque yo iba con todo, no iba dejar que se colase ni un resquicio de aire entre nuestros cuerpos.

—Espero que no te importe mojarte.

Erin se rio.

—Ya lo estoy.

Me reí. Busqué de nuevo su lengua y me prometí a mí mismo no rasgar ninguna parte de su vestido.

Nos tumbamos en la arena en la que rompían unas tímidas olas, detenidas por la enorme roca frontal del conjunto Hoover. Era el escondite perfecto, y aunque desde mi adolescencia soñaba con ocultarme entre aquellas paredes naturales con la mujer de mis sueños, no podía creer que hubiese tardado casi veinte años en hacerlo realidad.

Olía a piedra húmeda y a sexo.

El bulto en mis pantalones se horadaba entre sus piernas, creciendo a cada segundo.

Erin se acomodó sobre él. Su vestido se empapó con la siguiente ola. Se tumbó sobre mi pecho, buscando de nuevo mi boca y yo hurgué debajo de la pesada tela que cubría sus piernas.

Otra ola nos alcanzó, pero yo sabía muy bien que la humedad que estaba palpando provenía de su interior. Estaba lista para mí y se revelaba perfecta, desinhibida. Preparada para disfrutar. Era lo único que me interesaba, arrancar un orgasmo de aquella garganta. Las rocas nos protegían y la luna parecía asomarse entre ellas, iluminando algunas de sus curvas.

Ella permanecía sentada sobre mí y aún así mis manos se desplazaban bajo sus nalgas. En un momento, empleé mi fuerza para levantarlas y acercar su coño hasta mi boca.

—Siéntate en mi cara —le dije—. Por favor. Lo necesito. Quiero comerte.

Sus manos se extendieron, apoyándose en las rocas que nos protegían. Sus jugos me inundaron en cuanto se acercó a mi boca. Empecé a saborear cada uno de sus pliegues mientras el agua salada nos rodeaba. Pensé que no me importaría morir ahogado allí mismo. La recorrí de arriba a abajo con la lengua una y otra vez. Estiré ambas manos para alcanzar sus pechos liberados.

Eso me permitió comprobar cómo Erin hiperventilaba y gemía sin control.

Apreté sus tetas en mis manos y acaricié sus pezones mientras mi lengua recorría incansable su clítoris. Una y otra vez. De arriba a abajo. Tenía que vencer la última resistencia y obtener mi premio, que no era otro que su máximo placer.

Una ola nos cubrió de nuevo, mojándonos el rostro y el pelo. Ya no teníamos ni un trozo de tela que no estuviese pegado a nuestro cuerpo. En ese momento, Erin separó sus caderas para concederme un segundo de descanso. Rápidamente, deslicé un dedo en su interior. Después, un segundo dedo. Los moví rápido arriba y abajo hasta que cayó desplomada de nuevo sobre mi pecho. El sonido del mar ocultó su intenso orgasmo.

# CAPÍTULO 7

**ERIN**

Me sentía llena y vacía al mismo tiempo y sin embargo sabía muy bien que aquello no se había terminado. Sentí que podía estar allí toda la noche. Oculta entre aquellas rocas, destrozando cada uno de los malos recuerdos de mi vida anterior y entregándome una y otra vez a aquel hombre que ya no me parecía tan desconocido.

Me quedé paralizada, sentada sobre su torso. Nunca me había sentido tan ligera. Tan volátil.

Después de mi intenso orgasmo Luke se incorporó y me besó. Rodeó mi torso con sus fuertes brazos. Estábamos empapados. Si regresáramos al hotel no habría forma humana de explicar aquello sin que fuese evidente lo que había sucedido. ¿Me había caído al agua y él me había rescatado?

Sin duda sentía que de algo sí me estaba salvando.

Me acomodé encima de él y enterré la nariz en su pelo empapado. Nuestros torsos desnudos encajaban a la perfección. El agua se retiró de nuevo y entonces él me levantó, me tumbó sobre la arena y se acomodó sobre mí. Entonces yo recibiría el impacto suave de las olas y también a él. Enmarcó mi cara con sus manos mientras mis piernas se abrían automáticamente para recibirlo.

Y dijo algo que me asustó.

No porque no lo desease, sino porque me di cuenta de que esa absurda idea de que aquello se quedaría en una fugaz aventura caribeña estaba muy lejos de nuestra realidad.

—Siempre va a ser así para mí, Erin. Todas las noches desde hoy. No podremos evitar esto.

Me penetró despacio. Por un momento sus ojos se volvieron blancos, como si nunca hubiese experimentado semejante placer. Exactamente el mismo que me desbordó a mí. Sentí el pene inmenso de Luke tratando de acomodarse en mi interior, buscando su sitio natural.

Un momento de dolor y dos de placer, hasta que el dolor se evaporó por completo. Y entonces solo pude rodear sus caderas con mis piernas y atraerlo aún más hacia mí.

Los mechones de pelo empapados caían sobre su frente mientras me penetraba una y otra vez y no paraba de susurrar mi nombre.

—Erin, Erin...

Mi voracidad y mi deseo no se acababan. Cuando más al fondo llegaba Luke dentro de mi cuerpo más me aferraba a él para que no se separase de mí jamás.

Perdimos la noción del tiempo una vez más. Y entonces su espalda y sus brazos se tensaron. Luke apretó los dientes.

—Erin, nena, no puedo más...

A pesar de que ansiaba que me inundase allí mismo retiré mis piernas de su cuerpo, deshaciendo el candado con el que nos aferrábamos. Luke se separó de mí en el último momento y descargó su semilla sobre mi vientre. La noté caliente y viscosa y me recreé en la inmensa paz que me embargó hasta que una nueva ola limpió nuestros cuerpos.

A LA MAÑANA SIGUIENTE me desperté con la sensación de que alguien me observaba. Y solo podía ser una persona.

Rose.

Mi compañera de habitación.

Abrí los ojos y me la encontré a mi lado en el colchón, observándome como un gato ansioso que aguarda su desayuno.

—Menuda nochecita, ¿eh?

Gruñí en señal de respuesta. No tenía demasiadas ganas de hablar, pero no me iba a ser tan fácil librarme del interrogatorio.

—Cuéntamelo todo.

—No sé si hay demasiado que contar. Fui a dar un paseo con Luke.

—¿Qué hora es?

—Las once. No disimules.

—No me lo puedo creer.

Me incorporé de golpe en la cama. ¿Cuánto tiempo había dormido?

—Deberías ver cómo llegaste anoche. Tu vestido blanco de Miu Miu está para el arrastre. Y tenías el pelo lleno de arena.

Rose dejó escapar una risita ridícula.

—Miau —dijo.

Se colocó un trozo de papel entre los dientes.

—No tengo un desayuno de campeones listo para ti, pero sí una sorpresa.

Dejó caer sobre la sábana el papel, que resultó ser el pequeño sobre que acompañaba a las flores que nos habían traído la tarde anterior.

Estaba abierto, por supuesto.

—Léelo. Esto te va a interesar. O tal vez no, si anoche os centrasteis en la conversación. Cosa que dudo porque debiste pasar un buen rato en la ducha para poder sacarte toda la arena de los sitios más recónditos.

Me reí.

—No voy a hacer declaraciones.

—Oh, sí. Claro que las harás. Quiero saber todo. Con pelos y señales.

—¿Qué es eso de que no hay desayuno?

—Ya te lo he dicho. Son las once. El horario del desayuno es de...

—Disculpa —la interrumpí—, pero estamos en la suite nupcial de un hotel de lujo. Por supuesto que habrá desayuno para nosotras.

Rose se encogió de hombros.

—Tenemos una cafetera. Si te parece, mientras lees esa nota, la pongo en marcha.

—Suena bien. Algo es algo.

Rose se alejó hacia la cocina de la enorme *suite*, que era más bien un amplio apartamento.

Abrí el sobre, a pesar de que la cabeza aún me daba vueltas después de lo sucedido con Luke. Pero aún no estaba en disposición de hablar del tema, ni siquiera recrearme demasiado en ello. Siempre tardaba una media hora en despertarme del todo.

Oí como el café salía de la cafetera italiana, y el olor delicioso que despedía ya me reconfortó. Después miré a mi izquierda y contemplé el mar de fondo. Estaba en el paraíso y aún no era consciente.

Fue entonces cuando supe que no eran unas flores que se enviaban por defecto a todas las recién casadas que llegaban de luna de miel.

La nota que las acompañaba decía así:

*Solo quiero enviarte una sonrisa e iluminar la tuya.*

*Luke Davies*

Lo leí varias veces. Davies. Ese apellido me resultaba familiar. ¿Dónde lo había visto antes?

Rose regresó a mi lado con una bandeja y dos tazas de café.

—Luke Davies —susurré.

¿Él me había enviado aquellas flores?

¿Era cien por cien el mismo Luke que...?

Mi amiga suspiró, metió la mano en el bolsillo de su bata de seda y me enseñó la pantalla de su teléfono.

—Menos mal que en un momento de lucidez guardé el móvil en la maleta por si nos surgía alguna duda existencial.

En la pantalla había una foto de Luke, sonriente y vestido con un elegante traje, estrechando la mano de un hombre mayor con el que guardaba un sorprendente parecido.

Arranqué el teléfono de sus manos y deslicé la pantalla hacia abajo para leer la nota completa. Era una noticia de la versión digital del *Miami Herald*. Y la habían publicado hacía solo una semana.

—Es...

—Es el dueño de este hotelazo, Erin. El heredero.

Menos mal que aún no estaba sujetando el café, porque se me habría caído sobre las sábanas de la impresión.

No sabía qué decir.

No podía articular palabra. Miré a Rose, confiando en que un simple vistazo comunicase todos mis sentimientos al respecto.

—Alucinante, ¿no?

—Yo no... no sabía...

—¡Es el heredero de un imperio hotelero! Y recibió a los huéspedes uno a uno en el embarcadero. ¡Ver para creer!

¿Cómo podía decirle a Rose que eso me daba exactamente igual?

—No sé cómo me siento al respecto. Me habría encantado que me lo hubiese dicho ayer...Esto es...un poco retorcido, ¿no crees? Es extraño. ¿No pensaba contarme ese detalle sobre su vida? ¿Sobre lo que está haciendo aquí?

Rose estiró la mano y cogió la mía.

—¿Estás bien?

No me dio tiempo de contestar, de articular una respuesta clara. En ese momento sonó el teléfono de la habitación. Dejé que ella respondiera. Mientras, retomé el móvil y miré su foto de nuevo. No había ninguna duda. Y el hombre con el que posaba era su padre, de quien había heredado el hotel.

Vi cómo Rose atendía a lo que decía una voz femenina al otro lado de la línea.

—De acuerdo, se lo digo enseguida. Gracias por avisar.

Colgó el teléfono.

—Alguien pregunta por ti en recepción.

—¿No podía ponerse al teléfono? —pregunté.

—Al parecer quiere verte en persona.

Me levanté, me vestí rápidamente y recorrí tres pasillos y dos vestíbulos para llegar hasta la recepción. Luke sabía que no había traído mi teléfono y que la única manera de vernos era localizarme en algún lugar del hotel.

    Y esperaba encontrarme con él. Esperaba que pudiésemos calmar nuestra excitación, nuestras ganas de abrazarnos y besarnos y pudiésemos hablar tranquilamente sobre aquel secreto que se había guardado por un motivo que desconocía. Llegué al salón principal del Paradiso, con el pelo recogido en un moño que se deshacía a cada paso que daba.

    De espaldas, en el mostrador de la recepción, observé la silueta de un hombre que conocía.

    Pero no se trataba de Luke Davies, el nuevo y flamante director del Hotel Paradiso.

    Era Will.

    El mismísimo Will Mason.

    El hombre que me fue infiel y que llevó sus malditas mentiras hasta las puertas de nuestra boda.

# CAPÍTULO 8

## ERIN

—¿Qué estás haciendo aquí? —le pregunté, visiblemente cabreada y poniendo mucho énfasis en cada una de las cuatro palabras—. ¿Crees que puedes presentarte en las Bahamas de repente, sin más, y arruinar mis vacaciones?

—¿Tus vacaciones? ¿Por qué no me dijiste que ibas a seguir adelante con la luna de miel?

Me habría reído si no fuera porque en el fondo era todo un drama, y porque precisamente estaba allí para olvidarme de su cara. Contestar con otra pregunta era muy típico de él, así que se lo repetí:

—¿Qué haces aquí, Will?

Hizo un aspaviento y dio dos pasos hacia mí.

—Supongo que era la única manera de hablar contigo. Ha sido imposible localizarte por teléfono.

Kayla, la recepcionista, nos observaba atónita. Creo que se dio cuenta de la situación al instante, y que sabía muy bien quién era el hombre que se había presentado en la recepción del hotel. Lo que me intrigaba en realidad no era ninguno de sus motivos, y mucho menos su repertorio habitual de excusas.

Me preguntaba cómo había llegado hasta allí.

—¿Qué quieres, Will?

—Solo hablar contigo. Cinco minutos.

—No tengo tiempo.

—¿Acaso no estás de vacaciones? Vacaciones pagadas por mi madre, déjame decirte. Y la sorpresa que nos hemos llevado al contactar con el hotel para aplazar la estancia y que nos dijeran que estabas aquí alojada. Con tu amiga.

No daba crédito a lo que oía.

—¿En serio has venido hasta aquí para eso?

Su tono de voz bajó de forma abrupta.

—No. He venido para disculparme, Erin. Para pedirte una nueva oportunidad. Creo que cometí un terrible error.

Estupefacción.

Surrealismo.

Pesadilla.

Se me ocurrían infinidad de palabras para describir aquello, pero pensé que nadie me creería si no lo presenciaba. Ni siquiera Rose, con sus excelentes dotes detectivescas, habría podido imaginar aquel súbito espectáculo.

Un show de mal gusto, debo decir.

Reconozco que antes de llegar al Hotel Paradiso habría considerado durante un par de minutos la petición desesperada y desfasada de Will, pero mientras él se acercaba y ponía todas sus dotes teatrales en marcha pensé en él.

En Luke.

Luke Davies, el heredero del hotel Paradiso.

El hombre con el que había pasado la mejor noche de mi vida.

Sentí rabia, porque me creía merecedora de unas vacaciones. De una desconexión total. No llevaba ni dos días en White Meadows y aquello había sido lo más parecido a una montaña rusa.

Respiré hondo. Y después solo pude pronunciar dos palabras:

—Vete, Will.

Pero nada era fácil con él. De repente estaba exhausta. Sentía cómo mi energía se me escapaba por los poros de la piel y él la absorbía como un auténtico vampiro emocional.

Y no se iba a rendir tan fácilmente.

—Erin...no. Insisto. Tenemos que hablar y resolver nuestros problemas. Creo que deberíamos...

¡Insisto!

# HOTEL PARADISO: HISTORIAS 1 - 4

## LUKE

—Creo que ya la has oído, amigo. Lárgate. Aquí no pintas nada. Di un paso adelante. Estaba dispuesto a proteger a Erin a toda costa. Y más después de observar, sin poder dar crédito, como el maldito Will Mason había tenido la desfachatez de presentarse en mi hotel sin previo aviso y por sus propios medios.

¿Cómo demonios había llegado hasta allí? Consulté mi reloj. Aún faltaba una hora para que llegase el primer catamarán con huéspedes de la mañana. Y lo sabía muy bien porque me había ocupado de recibir aquellos barcos y descargar las maletas durante toda la semana.

Y esa mañana, precisamente, era mi último día.

Al día siguiente ya me sentaría detrás de la mesa de dirección que había pasado tantos años esquivando.

—¿Perdona? ¿Tú quién eres? —me soltó.

Aquel tipo era la desfachatez en persona. Conocía muy bien a los de su calaña porque me había pasado años rodeado de ellos en las escuelas de negocio en las que había estudiado. Por suerte nunca me había mezclado con esos tiburones.

—Soy el director de este hotel —le dije, consciente de que Erin estaba delante y de que hubiese preferido que se enterase de eso en otras circunstancias—. Y nos reservamos el derecho de admisión. Ya has oído a Erin. Lárgate.

El rostro del tipo se descompuso al instante.

Mentiría si dijese que no me habría encantado partírselo. Por desgracia a nosotros no nos había causado los suficientes problemas como para emplear la fuerza.

Will Mason no se movió. Me desafió con la mirada. No podía pegarle allí, en el vestíbulo. No iba a permitirme perder así los estribos ni a rebajarme a su nivel. No valía la pena. Se había formado un pequeño tumulto y varios huéspedes y empleados nos estaban mirando.

Y entonces Erin me facilitó las cosas. Se cruzó de brazos, nos dio la espalda y se marchó de allí, sin decir ni una sola palabra, dando por terminada la discusión y privándole de su presencia. No se me ocurría nada más doloroso que verla marcharse.

Se dirigió hacia la playa, atravesando el vestíbulo principal.

—Cuando vuelva quiero que te hayas largado de aquí —repetí—. Nadando, si hace falta.

Salí detrás de Erin, que aligeró el paso cuando notó que alguien la seguía.

—¡Erin! ¡Espérame!

Se dejó caer de rodillas sobre la arena, de cara al océano, y entonces corrí hacia ella.

—¡Erin!

Me arrodillé a su lado. La abracé y ella ahogó un suspiro en mi cuello.

—No voy a permitir que te haga daño —le dije, acariciando su melena deshecha.

—¿El director del hotel, Luke? ¿Por qué no me dijiste algo tan importante?

Una lágrima de pura tensión resbaló por su mejilla.

—Lo siento. He pasado las últimas semanas trabajando en la cocina, en el servicio de habitaciones, como camarero en el hotel. Y esta semana me tocó recibir a los huéspedes y encargarme de su equipaje.

Erin me miró y aproveché para retirar con mi dedo aquella lágrima que a pesar de todo no lograba empañar su belleza.

—No entiendo nada.

—Ellen, tampoco, créeme —me reí—. Solo quería entender mejor todo lo que hacemos aquí día a día. Todo lo que necesitan quienes nos eligen para pasar aquí sus vacaciones.

Me miró, perpleja.

La abracé y pareció calmarse. Su respiración agitada empezó a acompasarse con la mía.

Observamos cómo, a lo lejos, Will salía del hotel profiriendo insultos, acompañado del personal de seguridad, a quien sin duda Kayla habría avisado.

—No quiero volver a verlo nunca más —susurró Erin.

—Es curioso cómo escenas de este tipo pueden quitarnos cualquier venda de un plumazo.

Meditó mis palabras durante unos segundos.

—¿Sabes qué? La venda se me cayó anoche, entre aquellas rocas.

La abracé de nuevo y observé que sus labios se entreabrían de nuevo para recibirme.

—Estoy deseando volver allí contigo.

Se rio junto a mi boca.

—Porque...¿qué tal una cama?

—Sí, tal vez nos iría mejor. Entonces, ¿estás dispuesta a pasar el resto de tu luna de miel conmigo?

Sonrió.

—No sé qué pensará Rose al respecto.

En aquel momento su amiga, como si la hubiésemos invocado, nos saludó desde una de las terrazas del hotel, donde estaba acompañada por un hombre atractivo; alguien que de hecho, conocía bien.

—Creo que estará bien —dijo Luke.

—Sí, no parece que vaya a ser un problema.

—El único problema, Erin, es que no creo que pueda conformarme con esta luna de miel. A no ser que esta sea eterna, claro.

La besé de nuevo. Iba a ir despacio. Iba a contener las irrefrenables ganas que tenía de decirle que ojalá me escogiese a mí, que ojalá se quedase conmigo a gobernar aquel pequeño imperio. Que si en algún momento había pensado disfrutar para siempre de aquel amanecer yo estaba dispuesto a regalárselo.

Nos levantamos de la playa y fuimos a desayunar a mi suite. Tenía diez días por delante para averiguar todo sobre la mujer designada. La que quería a mi lado en mi nueva aventura.

## ELSA TABLAC

En todas mis aventuras, de hecho.

# EPÍLOGO

*Un año después*
### ERIN

Cogí los papeles que Ellen me extendía de nuevo y estampé una firma en cada página. Había pasado un rato leyéndolos con atención. Eran el contrato de la empresa que llevaría a cabo las reformas del ala este del Hotel Paradiso.

Luke me había puesto a cargo de las relaciones públicas del hotel, pero no podía ignorar de ningún modo mi antigua pasión por la decoración de interiores; que era, de hecho, mi profesión cuando vivía en Nueva York.

Ahora vivo en las Bahamas, acompañando al que pronto será mi marido en su nueva aventura empresarial.

Aún recordamos entre risas el día en que despedimos a Rose junto al catamarán. Regresó sola a la ciudad y yo me quedé aquí con Luke.

Ni siquiera me molesté en deshacerme de lo poco que me quedaba en la casa en la que iba a vivir con Will.

Mi familia alucinó.

Nuestros amigos creyeron que había perdido la cabeza.

Y la verdad es que Luke se concedió esos diez días para enamorarme y yo caí en sus redes en el momento en que me ayudó a bajar del barco.

Rose, enigmática e impredecible, como siempre, me dio su bendición antes de volver a Nueva York.

—Volveré pronto a verte —me dijo.

—Oh, vamos Rose. Aún he de ir a recoger mis cosas a Manhattan. Te recuerdo que dejé mi teléfono allí.

—Tú y yo sabemos que aquí tienes todo lo que necesitas.

Llamé a mi jefe por teléfono y le dije que no volvería y que me quedaba en White Meadows.

Y entonces Luke y yo nos pusimos manos a la obra y empezamos a trabajar en el hotel de sus sueños. Y sus sueños, poco a poco, se convirtieron también en los míos.

Ellen recogió de nuevo los contratos.

—Una cosa, ¿sabes ya dónde va a ser tu luna de miel?

Levanté la vista. En ese momento Luke entraba en el despacho, justo a tiempo de oír la pregunta.

—No sé nada, en realidad. ¿No estamos ya en una luna de miel eterna, cariño? —le pregunté—. ¿Tú qué opinas? Entenderás que es un tema que me pone algo nerviosa.

Luke me había asegurado que él se ocupaba de todo y que no me preocupase; pero dado que vivíamos en el paraíso, me esperaba por su parte que me sorprendiese con algo más aventurero.

Me miró con cara de póker.

—Habrá boda y habrá viaje. No puedo creer que ese tema te ponga nerviosa a estas alturas. ¿Es esta una artimaña vuestra para que me despiste y revele el sitio? No lo voy a hacer, Erin. Ropa y calzado cómodos, recuerda. Y esa es la única pista que te voy a dar.

Ellen se rio.

—Hey, ¡al menos lo hemos intentado!

Nos dejó en el despacho y en cuanto nos quedamos solos, Luke corrió a besarme y abrazarme. Nos costaba mantener las manos apartadas el uno del otro. Nuestra relación era intensa. Constante.

—Aún no entiendo cómo logré engañarte para que te quedases aquí conmigo —me dijo, entre besos.

—¿Cómo se puede tener tanta suerte, Luke Davies?

—Ni idea. Cada día me despierto pensando que lo pagaré de alguna manera.

Sus manos se perdieron bajo mi falda. Mi prometido se acomodó rápidamente en el hueco entre mis piernas. En el Caribe llevamos poca ropa, y eso lo facilita siempre todo. Empecé a sentir el hormigueo entre las piernas sin el que ya no podía vivir.

A veces vas de vacaciones y piensas que deberías quedarte en ese lugar. Dejar todo atrás y concederte una nueva oportunidad en un lugar idílico. Un nuevo comienzo. Y tan pocas veces lo hacemos.

¿Qué pasaría si te quedases en esa playa, frente a ese mar? Yo lo hice. Y a día de hoy puedo asegurarlo: ni una sombra de arrepentimiento.

Aquí sigo, un año después, colmada de felicidad. En realidad me da igual que Luke no me quiera decir dónde será nuestro viaje de bodas, porque en realidad mi luna de miel dura ya un año. Y empezó exactamente el día que bajé de ese barco y puse un pie en la playa de White Meadows.

# El océano que nos separa
## Hotel Paradiso #2
### Elsa Tablac

# CAPÍTULO 1

**MEGAN**
Supongo que técnicamente a mis diecinueve años podría haberme negado en redondo a venir aquí, pero Grace, mi madre, puede ser muy insistente. Casi siempre me resulta más fácil aceptar sus condiciones y chantajes emocionales que discutir durante días y afrontar las posibles consecuencias. No veía el momento de largarme de casa.

El caso es que estaba allí, en las Bahamas, de "vacaciones" con mis padres; y ya no podía hacer gran cosa al respecto más que esperar que los días pasaran. Me había metido en problemas —bueno, más bien había estado a punto de meterme en problemas— y tenía que asumir las consecuencias. Y la primera de ellas era que me obligaban a subirme a un avión y acompañarlos en su viaje.

Dejé el *thriller* de misterio que estaba leyendo a ratos sobre la hamaca, una novela inofensiva que no conseguía captar del todo mi atención y di un ruidoso sorbo a mi piña colada.

Mi madre estiró el brazo desde la hamaca contigua y me golpeó suavemente con su revista de pasatiempos.

—Si te parece que eso es un aperitivo apropiado para una jovencita como tú...—me dijo, señalando mi piña colada.

—Grace, tengo diecinueve años. Te recuerdo que puedo beber alcohol. Además, ¿cómo soportaría estas vacaciones si no me animo un poco? Nos quedan diez días por delante. Once, en realidad.

Llamar a mi madre por su nombre de pila era algo que hacía cuando estaba tan aburrida que no me importaría empezar una discusión.

—No aquí, querida. Me temo que la edad legal es veintiuno. Y además, ¿soportar esto? ¿Soportar una jornada de relax absoluto junto a la playa o la piscina, leyendo y tomando el sol? Me pregunto qué has hecho para merecer semejante castigo. Oh, sí, ya me acuerdo...

Me levanté de un salto. Era demasiado temprano para aguantar otro de sus sermones.

—Voy a dar una vuelta. De todas formas, Grace, te informo que la edad legal para comprar alcohol en Bahamas es dieciocho, igual que en Europa. Me temo que ves demasiadas películas.

No le dio tiempo a contestarme. Di dos grandes zancadas y abandoné el recinto de la piscina. No estaba tan enfadada como pretendía aparentar, pero prefería mantener las distancias y encontrar excusas para pasar tiempo a solas. Y la *suite* en la que nos alojábamos era lo suficientemente grande y espaciosa como para no tener que oírlos hablar de mí a mis espaldas durante la noche, ya que yo dormía en un pequeño dormitorio anexo para invitados.

Atravesé la hilera de hamacas que había junto a la piscina principal y caminé en dirección a la playa de White Meadows, justo delante del Hotel Paradiso. Me quité las sandalias y disfruté ese primer contacto de mis pies con la arena templada.

Caminé un rato y mi enfadó se disipó un poco.

En el club de playa vi a Ellen, la gerente que se había presentado la tarde anterior, cuando llegamos al hotel en barco. Yo no tenía demasiadas ganas de hablar. No me gustaban los vínculos débiles entre personas, y mucho menos las conversaciones superficiales.

Sonrió al verme llegar. Miré a izquierda y derecha buscando alguna escapatoria, pero realmente no la había. A aquella mujer le pagaban por socializar y asegurarse de que todo el mundo estaba más o menos satisfecho en su hotel. Y yo, claramente, no lo estaba tanto, pero tampoco tenía ganas de dar explicaciones a una desconocida.

Me sorprendió que se dirigiese a mí por mi nombre. Que se acordase de cómo me llamaba. ¿Se acordaba del nombre de todos los recién llegados?

—Megan, tengo una propuesta para ti —me dijo enseguida—. Creo que podría interesarte.

La miré, sorprendida. Me acerqué a la barra de madera del club de playa, aunque ya estaba pensando una buena excusa para esquivar cualquier cosa que se le hubiese ocurrido.

—¿Una propuesta?

—Ayer no te vi muy animada al llegar.

—Mis padres me han obligado a venir a Bahamas con ellos. Obviamente preferiría estar en Londres con mis amigas, pero supongo que no me he comportado demasiado bien últimamente...

Me callé. Tenía la mala costumbre de revelar siempre demasiada información comprometida sobre mí misma a la mínima pregunta. Me entregó un formulario en blanco.

—Toma. Hoy empieza nuestro curso de surf.

Miré el papel.

—No, creo que no —murmuré—. Pero gracias por pensar en mí.

—Vamos, será divertido, te lo prometo. Y es para principiantes.

—Tengo cero equilibrio. Dudo que se me dé bien.

Lo que quería decir en realidad era que no practicaba deporte alguno desde que tenía doce años.

—Eso no es problema —respondió Ellen, dispuesta a convencerme. A saber cuál era el motivo oculto por el que trataba de captarme para su programa de actividades —. Hoy empieza un nuevo profesor. Max. Es australiano. Es el nuevo responsable de las actividades acuáticas.

Dejó escapar una sonrisa de villana de Disney después de "australiano", como si eso fuera un plus instantáneo que debería interesarme.

—Te lo agradezco, Ellen. Pero creo que paso.

*Oh, dios. Espero que no sea una de esas personas que insista*, pensé. Porque después de aguantar los sermones matutinos de Grace no estaba precisamente de humor.

—La clase empieza en una hora —dijo—. Puedes ir a echar un vistazo a la playa y pensártelo, aunque tal vez Max trate de convencerte.

—¿A quién tengo que convencer?

¿Alguna vez te ha pasado que oyes una voz profunda y masculina y piensas que no puede pertenecer a alguien desagradable? A mí no. Hasta ese momento. Y supongo que es por una cuestión de inexperiencia, de haber vivido mis diecinueve años en una burbuja, sobreprotegida y cerrada.

Ni siquiera aquello eran unas vacaciones reales. Se trataba más bien de un recreo vigilado.

Me giré para averiguar qué había causado esa especie de descarga eléctrica en mi espalda y me encontré por primera vez con Max Mills.

El profesor de surf.

No soy tan ingenua como para ignorar que un deportista de ese nivel, alguien que está preparado para enseñar a otros y que además proviene del país de los surferos, no iba a tener un cuerpo diez. Pero toda aquella inmensidad iba acompañada de un rostro perfecto. Era mayor que yo, obvio, traté de calcular su edad. ¿Treinta? ¿Treinta y dos?

No podía saberlo exactamente. Tenía un intenso bronceado, propio de alguien que se pasa el día junto al mar, por lo que tal vez era un poco más joven de lo que parecía. Cabello dorado, corto, y ojos de un azul intenso. En todo caso, aquel hombre perfecto que me sonreía, esperando tal vez captar a una nueva clienta, se presentaba ante mí en el peor de los momentos.

Tal vez en mis horas más bajas.

Y todo ello debido a lo que había sucedido en Inglaterra, y exactamente el motivo por el cual no se me permitía quedarme sola en la casa familiar ese verano.

¿He dicho ya que soy mayor de edad?

Y pese a eso, Grace y Patrick, mis padres, seguían tratándome como a una niña.

Creyeron que si me llevaban con ellos de vacaciones iban a mantenerme bajo su mirada vigilante las veinticuatro horas. Alejada de cualquier problema.

Y Max Mills, con su cuerpo torneado y su sonrisa, era una tentación y también un problema.

Me giré y encaré de nuevo a la gerente del hotel.

—¿Sabes qué, Ellen? Estoy pensando que tal vez un poco de ejercicio no me vendría mal.

# CAPÍTULO 2

**M**<sup>AX</sup> Huelo las complicaciones de este tipo a kilómetros y no por ello se me da especialmente bien esquivarlas. En cuanto vi a Megan Burton supe que tenía un problema, y era el siguiente: me iba a ser muy complicado en lo que respectaba a esa jovencita limitarme a lo que se me había pedido. Y no era otra cosa que mantenerla alejada del teléfono o de cualquier dispositivo con acceso a Internet durante unas horas al día; y en concreto de un misterioso problema llamado Victoria Gunstig. Una amiga problemática, al parecer.

La señora Grace Burton, madre de la chica, no me había dado demasiados detalles la tarde anterior, cuando me reuní con ella discretamente a petición de Ellen.

Me miró de arriba a abajo y me ofreció una interesante suma de dinero a cambio de que mi hija permanecía "entretenida" durante su estancia en el Hotel Paradiso.

—¿A qué se refiere exactamente, señora Burton? —le pregunté.

Me contempló fijamente una vez más. Estábamos en el despacho donde Ellen nos reunía un par de veces por semana para organizar el programa de actividades del hotel.

—Simplemente quiero que mi hija se mantenga ocupada por las mañanas, es todo. Que haga alguna actividad que la aleje de Internet. De su teléfono ya nos hemos ocupado mi marido y yo personalmente, lo "perdió" en el aeropuerto; pero no quiero que acceda al Wi-Fi del hotel por otra vía. Ellen me ha dicho que las clases de surf eran lo más apropiado, aunque Grace nunca ha mostrado ningún especial interés por el deporte. Iba a clases de ballet hasta que era una adolescente, así que espero que al menos logre mantenerse a flote. De hecho me conformo con que no se ahogue.

No me gustó demasiado el tono autoritario de la señora Burton, pero me había ofrecido un sobre con una suma en efectivo que no estaba en condiciones de rechazar. Estaba en las Bahamas toda la temporada para ahorrar dinero y regresar a Australia, por lo que cualquier extra me situaba automáticamente más cerca de mis objetivos. De eso, por supuesto, no podía enterarse Ellen.

Mi encargo parecía simple. Dar clases de surf, no perderla de vista, alertar a la señora Burton si notaba algo raro en el comportamiento de su hija.

No podía sentirme orgulloso, pero iba a hacerlo.

Grace Burton, sin embargo, no quiso decirme cuál era exactamente el motivo de aquel seguimiento. Dejó caer en la conversación el nombre de Victoria Gunstig, una adolescente problemática, amiga de su hija, de la que había que separarse a toda costa.

Y poco más. No entró en detalles. Cogí el sobre sin demasiados remilgos y le prometí que su hija estaría a salvo conmigo, que la mantendría ocupada por las mañanas, lejos de cualquier mala influencia. Al fin y al cabo estaríamos en mitad del océano, sobre una tabla de surf.

A salvo.

Hasta que vi a Megan, claro. Y entonces el dinero desapareció de mi mente. Lo olvidé por completo. Aquella jovencita me deslumbró, aún con el semblante serio, probablemente enfadada por algo. Recuerdo que pensé que era demasiado temprano para estar molesta, y que de todas formas no es algo común en aquella playa idílica de las Bahamas. En White Meadows no es frecuente ver a gente tensa o irritada. No cuando estás de vacaciones.

*Yo voy a aliviar toda esa tensión,* pensé al instante. Y justo después me escandalicé, porque era consciente de la intensa atracción que sentí por ella en cuanto la vi, conversando distraídamente con Ellen.

Megan era alta, rubia, elegante en cada uno de sus gestos. Tenía los ojos oscuros y grandes y una boca contra la que estrellarse una y otra vez. Nos separaba una década y sin embargo nada me podía importar menos, porque en cuanto la tuve delante lo único que pensé era en estar con ella en el agua, rodeándola con mis brazos. Los dos sujetos a la tabla.

Podía enseñarle a mantenerse sobre ella o podíamos nadar juntos, lo que ella prefiriese. De lo que sí estaba seguro era de que la señora Grace Burton podía estar tranquila: me iba a ocupar a fondo de que su hija no pensase en cualquier desastre que hubiese dejado atrás en Londres. Pero no de la manera que ella creía.

Observé cómo Megan rellenaba los espacios en blanco de la hoja de admisiones que le había entregado Ellen. Solo indicó la información absolutamente obligatoria. Nombre y apellido, fecha de nacimiento, ciudad en la que residía habitualmente.

Marcó la casilla que la desvinculaba de cualquier enfermedad o dolencia física que no la hiciese apta para la práctica de ejercicio. Parecía una de esas chicas cuyo interés radica en lo que calla, en lo que oculta. De esas personas que son misterios andantes, incluso a pesar de su insolente juventud. Aún desde su posición acomodada y la sobreprotectora sombra de sus padres, Megan ocultaba algo, y yo estaba dispuesto a averiguar qué era.

Me miró de reojo mientras firmaba el documento y se lo entregaba a Ellen.

—¿Cuándo empezamos? —me preguntó.

—Hoy. Ahora.

No podía ser de otra manera. No iba a privarme ni un minuto más de su presencia. A solas. Tenía cuatro alumnos más que automáticamente estarían en el grupo de Brent, el profesor auxiliar. Le pediría que se ocupase de ellos mientras yo me concentraba en Miss Burton.

Ellen recogió el impreso de manos de Megan.

—La dejo en tus manos, entonces —me dijo.
—No te preocupes, yo me encargo.

Y así fue como Megan y yo nos quedamos solos por primera vez, como ella cayó en la trampa perfecta, o tal vez fui yo el que cayó en ella; porque me iba a ser imposible resistirme a mi instinto, que no era otro que protegerla de cualquier amenaza, en el mar o en la tierra. Aunque fuese su propia familia.

# CAPÍTULO 3

## MEGAN

Lo primero que pensé fue en el océano que en realidad nos separaba. Dos océanos de hecho. Un mundo de distancia. Yo en Londres, él en Australia; y a pesar de todo mi mente ya avanzando desbocada hacia un futuro complicado.

Caminé junto a Max hacia la playa, con nuestras tablas bajo el brazo. En cuanto di mi aprobación él se dirigió a su taller y escogió una tabla para mí. También me dio un traje de neopreno de mi talla y me indicó dónde estaba el vestuario de chicas.

—¿Desnuda? —pregunté.

—¿Qué?

—Si me he de desnudar. Para ponerme este traje, me refiero.

Max soltó una risa nerviosa y me sentí ridícula, pero lo cierto era que me empezaba a contagiar aquel repentino buen humor. Hacía quince minutos que no pensaba en mi madre, ni en Londres, ni en Victoria.

Tampoco reconocía muy bien qué era lo que estaba pasándome con aquel hombre inesperado con pinta de no haber salido nunca de una playa. Nunca me habían interesado los chicos de mi edad a no ser que actuasen en una de mis series favoritas o estuviesen sobre un escenario. Y mucho menos un hombre.

Hasta que vi a Max en el club de playa los hombres de carne y hueso, los que pululaban a mi alrededor de vez en cuando, jamás habían conseguido ni diez segundos de mi atención. En los últimos tiempos mi vida se había complicado demasiado como para eso.

—No. No hace falta que te desnudes, Megan —desvió la mirada hacia la arena, aunque me dio tiempo a ver cómo sus pupilas se dilataban, a pesar de la luz directa del sol. Aquel azul tan claro no ayudaba a ocultar ese tipo de reacciones incontrolables—. Puedes ponértelo encima del bañador.

Bien, fenomenal, porque no había salido de la habitación preparada para algo así.

Entré en el vestuario y me ajusté el traje. Cerré la cremallera con algo de dificultad. Max me esperaba paciente a la salida, revisando mi tabla. Me llevó hasta la orilla de la gran playa de White Meadows, una extensión eterna y desierta, solo frecuentada por los huéspedes del hotel, que parecían empeñarse en dejar kilómetros de separación los unos de los otros.

La clase empezó sobre la arena. Me indicó que subiese a la tabla y que extendiese los brazos y observó la posición natural de mis pies.

—Regular. Bien.

—¿Regular?

Max sonrió.

—Significa que tu posición natural es el pie izquierdo delante cuando estás sobre la tabla.

—¿Eso es importante?

Se acercó por detrás, rodeando la tabla sobre la arena y corrigió la posición de mi espalda. El contacto de sus dedos, a través de la gruesa tela del neopreno, me estremeció. Aún no me había bañado en el mar desde que llegamos a White Meadows en la mañana del día anterior y de repente estaba deseando entrar en contacto con el agua. Aunque solo fuera para rebajar mi creciente temperatura corporal. Y la cercana presencia de Max no me ayudaba con eso.

—Es tan importante como aprender a mantenerte en pie sobre la tabla. Y empezaremos por ahí, Megan. Vamos. Empezamos ya.

¿*Vamos*? No contaba con una clase de surf particular. No era esto lo que me había vendido Ellen y sin embargo me producía un placer indescriptible el hecho de tener a Max para mí sola. A mi tota disposición. Lo cual me extrañó, pues la propuesta inicial de Ellen era observar la clase a distancia mientras me lo pensaba.

—¿Soy tu única alumna?

—Sí. Hoy eres mi única alumna.

—Ellen me dijo que había un grupo. ¿Es una clase particular?

—Si nunca te has subido a una tabla prefiero asegurarme de que tienes toda mi atención —contestó mientras nos adentrábamos en el mar—. Además, la playa de White Meadows es perfecta para principiantes. No creo que las olas nos sorprendan esta mañana.

Me detuve un instante antes de zambullirme en el agua.

Max colocó su tabla profesional sobre el manto azul y se giró.

—Megan, discúlpame. No te he preguntado. Se me ha pasado por completo. Doy por sentado que sabes nadar, ¿no? Era una de las preguntas del cuestionario previo de Ellen, pero yo también debo verificarlo. De todas formas, nadie se apuntaría a una clase de surf sin saber nadar así que siempre doy por sentado...

—No te preocupes —dije—. Sé nadar.

No hubiese querido alarmarlo de ninguna manera, pero supongo que sabía nadar lo justo para no ahogarme. De todas maneras si él estaba cerca mi torpeza no me preocupaba en absoluto. Me sentía tranquila a su lado.

—Bien. Ahora extiende la tabla y túmbate encima.

Oír eso de su boca sí me puso un poco nerviosa. Max agarró uno de los extremos y empezó a empujar mar adentro. En unos segundos perdí de vista la playa blanca y el Hotel Paradiso y estábamos solos en el mundo. Me parecía increíble que fuese a pedirme que me subiera de pie a esa tabla y tratase de mantener el equilibrio.

—¿Esta clase no va muy deprisa? —pregunté—. Creí que habría un poco más de teoría.

Sonrió y se sentó sobre la suya.

Sostuvo la cremallera que cerraba su traje de neopreno y la bajó hasta la cintura. Acto seguido lo retiró, dejando el torso al aire libre.

## HOTEL PARADISO: HISTORIAS 1 - 4

Dios mío, ¿cómo esperaba que me concentrara en la clase? Me sumergí unos instantes y después subí en la tabla, tal y como me indicó.

—No te preocupes. Te explicaré más cosas mientras esperamos una buena ola.

—¿Cómo?

El mar estaba totalmente en calma. Max me sonrió. ¿Era así de encantador con todas sus alumnas?

—Estoy bromeando. Hoy no subirás de pie a la tabla si no estás segura de ello. Tenemos más días. Quiero que te familiarices con la tabla y la playa. Y conmigo.

Me deslicé por la tabla para sumergirme y que mi pelo quedase completamente empapado. Después me agarré a la tabla con los dos brazos.

A continuación Max se zambulló de nuevo, desapareció bajo el agua y noté como buceaba hasta el fondo y me agarraba el pie. Me estremecí por el inesperado contacto. Después vi cómo colocaba la pulsera de seguridad que me unía a la tabla mediante una cuerda, rodeando mi tobillo. Me agarré con fuerza a la tabla de surf. Algo implosionó entre mis piernas. La inmensidad de agua que nos rodeaba me había distraído de lo excitada que estaba desde que nos habíamos adentrado en el mar.

Puede que a mis diecinueve años no tuviese nada de experiencia con los hombres, pero sabía muy bien que acababa de tener un orgasmo. Apoyé la mejilla derecha sobre la tabla. Debía recuperar la compostura en tiempo record, a ser posible en las décimas de segundo en las que Max regresara a la superficie y me dirigiese de nuevo la palabra.

Y sin embargo todo fue a peor.

Apreté las piernas bajo el agua, tratando de retener aquella sensación perfecta.

Noté la respiración ascendente de Max junto a mi cuerpo. Y en vez de emerger junto a su tabla lo hizo al lado de la mía, a diez centímetros de mi rostro enrojecido.

Me horrorizó pensar, por un momento que podría haberse dado cuenta de... No, eso no podía ser, a pesar de mi respiración agitada y la sensibilidad de mi piel. No me ponía nerviosa que se hubiese dado cuenta de mi excitación —algo casi imposible por otra parte—, sino de que se mantuviese tan cerca de mí.

Y entonces todo fue a peor. Se agarró a mi tabla rodeándome con sus brazos y me dijo:

—Quédate quieta un segundo, Megan. Y flexiona las piernas.

Nuestros cuerpos estaban ya pegados. Deslizó una mano y rodeó con ella mi cintura. Fuera de todo límite entre profesor y alumna, estaba convencida de ello. Pero no estaba precisamente en condiciones de protestar. Era la primera vez en todo el año que sentía una calma infinita. Quería que aquel instante se congelase.

Me giré para encararlo y ver si eso le incomodaba. En absoluto. Su mirada cayó sobre mis labios y entonces comprendí que no estaba soñando, que aquello no era una de mis fantasías.

—Una medusa —murmuró él entonces—- No te muevas.

—¿Qué?

—Al sumergirme he visto una medusa flotando a nuestro alrededor. Una bastante grande.

—Dios mío.

—No pasa nada, Megan. No te hará nada. Te estoy rodeando con mi cuerpo, ¿lo ves?

Claro que lo veía.

Max tenía unas gafas de nadar envueltas en su muñeca, a modo de pulsera. Con cuidado, retiró sus brazos un segundo y se las colocó. Me abrazó de nuevo y metió la cabeza bajo el agua, observando alrededor.

Emergió de nuevo y se colocó las lentes sobre la cabeza.

—Por fin nos ha dejado solos.

Y entonces toda la película que estaba proyectándose en mi mente se materializó, se hizo realidad en cuanto él puso sus labios sobre los míos. Entreabrí la boca al instante y le permití explorarla. Me recreé cada segundo en aquel beso salado y explosivo y mi cadera reaccionó sola, buscando de nuevo el contacto con su cuerpo. Solté la tabla y rodeé su cuello con mis manos. Max y yo nos besamos intensamente. Unos instantes después él buscó aire.

—Supongo que estoy traspasando todos los límites ahora mismo —susurró.

—Yo también.

—No, tú no, Megan. Pero no puedo luchar contra esto. Por favor, necesito que si he ido demasiado lejos me detengas ahora mismo. Puedo limitarme a enseñarte surf, si aún quieres que...

Busqué de nuevo su boca con desesperación. Paseé mis manos por su pecho resbaloso. Nunca había deseado a un hombre real, tangible; y él estaba tan a mi merced. Mis piernas actuaron solas, rodeando su cadera, atrapándolo con mi cuerpo menudo. Era una osadía, un misterio la forma en que estaba reaccionando. Y entonces algo, una pequeña parte de la montaña que estaba creciendo dentro de mí se desmoronó cuando me dijo:

—Megan. Esto, lo que está sucediendo...debe quedarse aquí, en el agua.

# CAPÍTULO 4

## Max

Era casi la hora de cenar y yo aún daba vueltas a lo sucedido en el agua. Obviamente no era la primera vez que daba una clase particular de surf, pero sí la primera que había excedido mi propio límite con una de mis alumnas.

Me sentía avergonzado y al mismo tiempo no dejaba de recrearlo en mi mente una y otra vez, mientras permanecía sentado junto al taller, lijando y encerando una de las tablas que esa mañana nos había dado problemas. Trabajar con mis manos me gustaba tanto como dar clase a mis alumnos.

Y esa mañana, como un idiota, había comprometido mi trabajo y el objetivo que tenía en mente y que me había llevado a cruzar el océano e instalarme en las Bahamas durante ese verano.

Megan Burton.

Inesperada, dulce y misteriosa. Un problema andante, y desde esa mañana más que nunca.

Me había encantado la manera en la que se dejó llevar y me rodeó con sus piernas, buscando mi cuerpo con ahínco. ¿Sería virgen? Esa pregunta me atormentaba desde que habíamos entrado en el mar. No era la primera vez que me sentía atraído por una de mis alumnas, pero jamás había llegado tan lejos. Y mucho menos en el agua, junto a las tablas, a punto de empezar una clase.

Permanecimos casi dos horas en el mar, y a pesar de que volvimos a enredarnos hacia el final de la clase, conseguí mi objetivo de enseñarla a subirse a la tabla. Fue divertido, a pesar de la turbación mutua.

Megan entendió rápidamente que debíamos concentrarnos en el ejercicio físico. Para ello, nos situamos mucho más cerca de la orilla,

# HOTEL PARADISO: HISTORIAS 1 - 4

donde algunos huéspedes del Paradiso podrían vernos a simple vista. Todo para evitar que la tentación fuese a más.

Aquello no podía volver a suceder. Era un error monumental por mi parte, pero estaba convencido de poder subsanarlo. No podía volver a besarla... Y al cabo de un segundo añadí, mentalmente...*Dentro del agua. No puedes acercarte a ella en medio del océano. Es demasiado arriesgado.*

Estrellé el trapo contra el suelo, furioso conmigo mismo. ¿Qué me estaba pasando?

Brent se acercó al taller donde almacenábamos las tablas, junto al club de playa del hotel.

—¿Todo bien? —me preguntó.

Sentía que nada estaba bien, pero intentaba mantener conversaciones ligeras y superficiales con mi compañero. Además, me había hecho un favor al encargarse él solo del grupo esa mañana.

—Todo bien.

—He estado consultando el planning, Max. Deberíamos revisarlo con la gerente. No nos ha colocado esta mañana tu clase particular, y eso podría afectar a los dos grupos...Supongo que es solo un error y no es grave, pero...

—No ha sido un error. Ha sido una decisión que he tomado sobre la marcha. Esa chica podía beneficiarse de una clase particular y he visto que teníamos un grupo algo avanzado que podías manejar tú solo.

Brent dejó escapar una mirada desconcertante, pero intuyó que no debía hacer más preguntas. Había tenido suerte con él. Parecía un tipo listo y discreto.

—Ahora, si me disculpas, he de hacer algo.

—Una cosa más, Max. Mañana no estoy disponible por la mañana.

—¿Uhm?

—No podré hacer clase. Ya se lo mencioné a Ellen la semana pasada, y creo que a ti también, antes de que arrancara la temporada. En realidad solo quería recordártelo, para que te ocupes tú del grupo A.

Mierda. Ya había citado a Megan al día siguiente a las diez de la mañana en la playa. Iba a tener que unirla al grupo y eso implicaba que no podría tenerla para mí solo. Pero no tenía demasiadas opciones.

—Sí, no te preocupes. Yo me ocupo de la clase mañana, sin problemas.

—Genial.

Brent se marchó, dejándome de nuevo a solas con mi ofuscación. Me levanté y entré en el taller. Fui directo hasta la zona de taquillas. Abrí la mía y, dentro de mi cartera, busqué el sobre con dinero en efectivo que me había entregado la madre de Megan la tarde anterior. Era una suma generosa y sabía muy bien que ese sobre implicaba que no perdería de vista a su hija, pero no sé si Grace Burton contaba con que mi masculinidad, mi inesperada atracción por su hija, me jugaría una mala pasada.

Me cambié rápidamente, guardé el sobre en el bolsillo trasero de mis vaqueros y me dirigí hacia el hotel.

Pasé por el club de playa con cuidado de no cruzarme con nadie. Vi a Megan a lo lejos, tumbada en una hamaca, sosteniendo una novela entre su rostro y la luz del sol.

Perfecto. No quería que me viese.

Miré alrededor. Ni rastro de su madre.

Di un largo paseo por los interiores del hotel, recorriendo todas las zonas comunes. Visité las dos piscinas, el área externa del spa, los comedores y las coctelerías internas. En una de ellas, finalmente, di con la señora Burton. Su insulso marido estaba al fondo de la sala, jugando a los dardos en una de las dianas, rodeado de otros huéspedes.

Me acerqué a Grace, buscando por primera vez en ella alguno de los rasgos que me habían enamorado de su hija. No los encontré.

—Buenas tardes, señora Burton. ¿Tiene un segundo?

Levantó la vista de la revista de pasatiempos en la que se había concentrado.

Vi que trataba de completar un crucigrama y la punta de su bolígrafo reposaba sobre una hilera de cuadrados vacía. Le quedaba una sola palabra para completarlo.

—¿Todo bien con Megan? —preguntó.

Asentí. No quería contestar cierto tipo de preguntas. Odiaba mentir, y en ese caso no me iba a quedar más remedio si ella insistía. Sospechaba que la acaudalada señora Burton se desmayaría si se enterase de lo que había sucedido entre su hija y el profesor en medio del mar.

Así que lo mejor era mantener aquella conversación de manera rápida y resolutiva.

—He venido a devolverle esto —dije, extendiendo el sobre doblado sobre la mesa, ocultándolo del todo bajo la palma de mi mano.

—Oh.

Pareció genuinamente sorprendida.

—¿Ha pasado algo? —preguntó—. Puedes sentarte, si quieres. Mi marido está ocupado ahora mismo.

Observé la silla que señalaba.

—Tengo un poco de prisa, ha de disculparme. No ha pasado nada, simplemente prefiero limitarme a darle clases de surf a su hija. Ha sido muy generosa conmigo, pero no puedo aceptar este dinero.

—Yo solo pretendía...

—No puedo convertirme en la sombra de su hija ni ejercer de espía para usted, Grace —me permití usar su nombre de pila—. Y mucho menos sin saber exactamente de qué la quiere proteger. Qué ha sucedido para necesitar ojos extra en un lugar de vacaciones tranquilo como este.

Grace me miró. Y en ese momento juraría que me había descubierto, que podía leer en mis ojos mi desesperada atracción por su hija y que esa era la única manera de explicar la repentina nobleza de mi acto. Nadie en su sano juicio devolvería ese sobre, y menos en el caso de necesitarlo desesperadamente.

Su voz me sonó algo fría y distante:

—Lo entiendo. Pero son asuntos familiares y privados. No era algo muy difícil. Simplemente asegurarse de que mi hija no se comunicaba con el exterior durante las mañanas. Por las tardes mi marido y yo más o menos podemos hacernos cargo de eso.

¿El exterior? Qué manera más extraña de referirse al mundo real. Como si el Hotel Paradiso y la playa de White Meadows fuesen burbujas de otra dimensión que no perteneciesen a este mundo. Como si Megan fuese un espejismo apetecible y perfecto que desaparecería de mi realidad en cuanto subiese al avión que la devolvería al otro lado del océano Atlántico.

—No se preocupe por eso —le contesté—. Si su hija está conmigo en el agua, le garantizo que no está metiéndose en problemas. Y para hacer eso, que es exactamente enseñarle a montar las olas, la dirección del hotel ya me paga generosamente. No me parece correcto aceptar este dinero, eso es todo.

Grace Burton apoyó su espalda en la silla y respiró más tranquila.

—Lo cierto es que ayer por la tarde la noté más contenta y relajada. Creo que tienes razón, Max. Todo está bien. El deporte le sienta bien. Sigamos entonces con esas clases matutinas. Tal vez pueda acercarme a la playa un día de estos y ver cómo progresa. No lo suelo hacer porque intento no estar bajo el sol en las horas centrales del día, pero...

—Puede venir a verme al taller que hay en la playa si surge cualquier otra cosa o hay algo que deba saber con respecto a Megan —dije—, pero...Grace...

—¿Sí?

—Ella está bien. Solo necesita tiempo para sí misma y poder moverse con libertad.

*Su hija ya no es una niña a la que haya que controlar permanentemente*, estuve a punto de decirle. Pero no quería sonar arrogante ni levantar sospechas.

—Gracias, Max.

Guardó el sobre en el bolso que reposaba sobre la silla vacía a su derecha y una parte de mi culpa se desintegró.

Me sentí mejor.

—Inevitable —dije.

—¿Qué?

Señalé su crucigrama.

—La palabra que le falta. Impostergable, necesario. Inevitable.

El bolígrafo de Grace se desplazó por las casillas vacías, una a una, contándolas. Las diez letras que necesitaba.

—Sí, muchas gracias.

—Nos vemos, Grace.

Abandoné el salón lúdico y me dirigí de nuevo hacia el taller, mi refugio perfecto.

Me sentía con la satisfacción de haber hecho lo correcto. Ahora solo me quedaba lo más difícil. Hacer que, con todo mi pesar, Megan Burton comprendiera que todo había sido un terrible error, que no podíamos permitir que nuestros cuerpos nos jugasen una mala pasada otra vez.

Era mi alumna. Iba a hacer lo que tenía que hacer. Enseñarla a deslizarse sobre esas malditas olas.

Conseguiría anular mis sentimientos y concentrarme en mi trabajo. No podía ser tan difícil, ¿no?

# CAPÍTULO 5

## MEGAN

Habían pasado dos días y medio desde nuestra primera clase y sentía a Max a kilómetros, a pesar de que solo estaba a unos metros de mí en el agua, ofreciéndonos sus concisas y claras explicaciones sobre lo importante qué era la paciencia para un surfista.

Paciencia de la que yo carecía por completo a aquellas alturas.

No entendía aquella repentina distancia, que se había hecho evidente desde nuestra primera clase. Notaba su mirada sobre mí incluso cuando yo no atendía a sus explicaciones. Se habían terminado las clases particulares. Al día siguiente, cuando esperaba encontrarme de nuevo a solas con él en la playa de White Meadows, me esperaba con su compañero, Brent y un grupo de alumnos.

Me sonrió exactamente igual que la primera vez que me vio, pero algo había cambiado.

Recordé sus palabras: *lo que está sucediendo debe quedarse aquí, en el agua.*

¿Significaba que solo se acercaría a mí dentro del mar y únicamente si estábamos solos? No, aquello era ridículo. No podía ser. Lo que sí podría entender era que el peso de su responsabilidad como profesor fuese de repente demasiado contundente.

Pero, ¿qué demonios? Max no me tenía que evaluar de nada. No había un examen. Creía de hecho que se daría por satisfecho si lograba mantenerme encima de la tabla durante más de diez segundos al finalizar el curso. Era una simple iniciación de diez días. Solo estábamos practicando deporte, no preparándonos para unas Olimpiadas. Yo hacía más de un año que había dejado atrás el instituto y no podía verlo como a cualquier otro de los profesores de Staffordshire High School.

Max no podía sentirse culpable porque nos hubiésemos besado. No iba a permitirlo.

No había pegado ojo en toda la noche. Su silencio, su distancia bien medida y su escrupulosa profesionalidad me estaba volviendo loca. En solo dos días aquel encantador hombre australiano había logrado que me olvidase de todo lo que había dejado atrás en Londres.

Sí, también de Victoria Gunstig y su propuesta prohibida.

Esa mañana al terminar la clase de surf decidí que tenía que hablar a solas con Max. Mientras mis compañeros dejaban las tablas junto a su taller-almacén yo desaparecí y me retrasé a propósito.

Cuando vi que Brent, el otro profesor, se retiraba a charlar con Ellen, quien se había acercado un momento a ver cómo discurría el final de la clase, me colé en el taller donde sabía que Max revisaba las tablas una a una después de cada clase.

Lo encontré inclinado sobre una de ellas, encerando los bordes.

—¿Tienes un segundo, Max?

Levantó la misma y clavó su mirada azul en la mía. Por un momento se me olvidó por completo lo que había venido a decirle. Y lo recordé al instante siguiente, en cuanto dejó lo que estaba haciendo y atravesó el taller para acercarse a mí.

—¿Sucede algo?

Esa pregunta dejaba muy claro que necesitaba un motivo de peso para colarme allí a mi antojo.

Y sin embargo su cercanía, al estar solos, se hizo tan intensa como el rato que pasamos juntos en el mar.

—¿He hecho algo mal? —le pregunté.

Estaba genuinamente confundida. Y sospechaba que mi inexperiencia me llevaba a hacer cosas impulsivas y contraproducentes, como estar allí, pidiéndole explicaciones a un chico que, en el fondo, no me las debía en absoluto.

—¿A qué te refieres, Megan? Cada día te veo mejor sobre la tabla. Con más seguridad. Estoy satisfecho con tu evolución.

—Gracias, pero no estoy hablando de las clases.

Me miró, como si meditase la respuesta menos dolorosa. Y la cuestión era que no me sentía rechazada. Max se acercó un poco más. Apoyó el brazo sobre una de las vigas que separaba los dos niveles del taller.

No ayudaba que Max se pasara la vida en bañador, que anduviéramos todo el día contemplándonos semidesnudos, con la piel impregnada de sol y sal.

—No puedo estar a solas contigo, Megan. La tentación es... demasiado grande. Por eso decidí que lo mejor era que te unieras al grupo. Además, aprendes muy rápido. Y estás más en forma de lo que piensas.

Di un pequeño paso hacia él para ver si se apartaba. No lo hizo. Se mantuvo en su sitio.

—No fue un error, Max. Y si lo fue, estoy deseando que nos equivoquemos de nuevo.

Respiró hondo. Pareció medir sus palabras:

—Sé que para ti son unas vacaciones y que sentirse atraída por el profesor es algo que cabría esperar. Que volverás a Londres con tu familia, donde te espera alguien mucho más adecuado para ti, y yo me quedaré aquí. Y esa idea se me hace cuesta arriba, Megan. Créeme, sé diferenciar perfectamente cuándo voy a poder olvidar a alguien con relativa facilidad y cuándo no. Y desde que te vi hay algo que me dice que estarías dentro del segundo grupo. De hecho, no hay grupo, porque en esa categoría estás tú sola.

Lo que me dijo me dejó helada. ¿Qué quería decir Max en realidad? ¿Que sentía algo por mí pero que estaba dispuesto a anularlo porque yo estaba de vacaciones y vivía en otro continente?

—¿Qué se supone que he de contestar?

—Nada, Megan. Solo he respondido a tu pregunta. Me has preguntado qué sucedía y he sido sincero. Esto... Es difícil para mí.

—Entiendo.

Pero no, en el fondo no entendía gran cosa.

¿Si estaba rechazándome, por qué sentía esa misma energía arrolladora que nos había envuelto en el mar? ¿Por qué su cuerpo, sus brazos, parecían reclamarme en silencio? Sus palabras decían una cosa, su presencia y su vulnerabilidad otra.

En ese momento me di cuenta de lo arriesgado e irreflexivo que era presentarme allí, en el lugar seguro en el que se resguardaba, y preguntarle por sus sentimientos de forma velada.

Me di la vuelta para alejarme de allí, de aquella atmósfera opresiva.

Max me siguió hasta la puerta.

—Espera, Megan.

Contradictorio. Irresistible. Y con un conflicto interno cuyas dimensiones no podía imaginar. Porque yo solo tenía diecinueve años y la idea de futuro era demasiado abstracta. Era evidente que Max estaba librando una batalla interna entre su deseo y su razón.

Apoyé la espalda en la puerta de madera y él se acercó a mí. De inmediato, sus labios tocaron los míos. Dios mío, ¿cómo íbamos a poner un freno a eso? ¿Cómo pretendía que nos contuviéramos, si en cuanto nos quedábamos a solas no podíamos apartar las manos el uno del otro?

—Estamos solos otra vez —susurré junto a su oído.

—Joder, Megan. Eres casi una niña. Me lo pones tan difícil...

—Yo diría que te lo estoy poniendo bastante fácil. Y, Max...

—Sí.

—Ya no soy una niña.

Me besó despacio, y yo, mimetizando su gesto, entreabrí la boca poco a poco. Max aún llevaba puesto su traje de neopreno, abierto hasta la cintura. Introduje las manos en la cremallera y lo liberé de la parte superior. No me atreví a más, porque necesitaba saber exactamente hasta dónde estaba dispuesto a llegar él.

Lo supe en cuanto estiró el brazo y echó el cerrojo de seguridad de la puerta.

## ELSA TABLAC

—No pueden vernos, Megan. Podría perder mi trabajo —dijo—. Y peor aún: podrían interrumpirnos. He de cerrar esta puerta. ¿Lo entiendes?

Asentí, mientras ya me deshacía entre sus brazos y su lengua.

—Puedes abrirla y salir de aquí en el momento que desees. ¿Lo entiendes?

—No quiero irme.

—Bien. Ven conmigo.

Me cogió de la mano y me llevó hasta el centro del taller. Sobre un gran banco de madera reposaba la tabla que Max había estado encerando.

—No tengo un sofá aquí para que estemos más cómodos —dijo.

Me senté sobre la tabla. Él parecía dirigir mis movimientos, y eso me tranquilizó. Exactamente igual que en el agua, cuando aquella medusa se nos acercó, me sentí segura entre sus brazos.

Él de pie junto a mí, entre mis piernas, se recreaba con sus caricias, aceptando por fin su deseo. Introduje las manos de nuevo en su traje, esta vez en la parte de abajo. Estaba desnudo y eso hizo que me humedeciera más de lo que ya estaba. Noté como la lycra de mi bañador se pegaba a mi entrepierna. Palpé los durísimos glúteos de Max y lo atraje un poco más hacia mí. Su erección, de considerable tamaño, era más que evidente.

De repente la realidad me sacudió. Me levanté de la tabla nerviosa, y él me abrazó, apretándome contra su miembro duro. Solo esperaba que mi cuerpo no me jugase una nueva mala pasada, como en nuestra primera clase, y tuviese un orgasmo espontáneo con el simple roce de su traje de neopreno.

—Nunca he estado con ningún chico, Max.

Es mejor decir ese tipo de cosas, ¿no? Es lo que pensé en ese instante, sabiéndome a salvo entre sus fuertes brazos.

Una sonrisa se reveló al instante en su rostro. Su beso me calmó al instante y supe que todo era perfecto.

# CAPÍTULO 6

**MAX**

¿Cómo puedo ser tan afortunado? Megan, la chica que no podía apartar de mi mente desde que el día en que la vi en el club de playa, estaba a solas conmigo, dispuesta a entregarse a mí, aunque solo fuese durante los próximos minutos.

Si alguien me hubiese preguntado si me sentía mal por hacerme con su virginidad, por ser el primero en irrumpir en ese cuerpo perfecto para hacer que se estremeciera, exactamente igual que había sucedido en el agua, lo hubiese mirado como si estuviese loco. ¿Con quién mejor que conmigo? Y no, no era codicia, ni lujuria absoluta. En ese momento, tal vez incluso mucho antes, yo ya era consciente de que conmigo estaría a salvo.

A salvo de su madre, de Victoria Gunstig y su mala influencia, quien quiera que fuese, y de ella misma.

Deslicé los tirantes de su bañador húmedo, y descubrí una piel fría y erizada, pero expectante ante mis primeras caricias. Sus pezones eran oscuros y estaban erectos. Su espalda se tensó en cuanto los pellizqué suavemente. Entrecerró los ojos para recrearse en esas pequeñas descargas. La lengua de Megan salió de su cavidad, buscando de nuevo la mía. Su cuello se desplazó hacia atrás ofreciéndome mejor acceso a ella.

—Joder. Eres perfecta —susurré.

—Tú tampoco estás nada mal.

Incluso estando desnuda seguía resultándome un misterio. Impulsiva e imprevisible, la receptora perfecta de mis caricias.

El bañador se había quedado enrollado en su cintura. Megan se puso en pie de nuevo y deslizó la parte de abajo de mi traje de neopreno, que cayó al suelo. Yo también estaba desnudo ante ella, pero sabía que el nivel de intimidad no era el mismo. Iba a hacer que suspirase de placer una y otra vez.

La desnudé por completo, retirando el bañador de sus piernas. Y entonces Megan acercó sus caderas a mis manos, buscando un contacto inevitable. Hurgué entre sus pliegues íntimos con mis dedos hasta dar con el punto exacto que hizo que se estremeciera una vez más. Se agitó entre mis brazos y suspiró con fuerza. Moví el dedo en círculos suavemente, pero todo en ella me pedía más intensidad, más tensión.

Gimió con intensidad, y por un segundo perdió el equilibrio.

La sujeté con uno de mis brazos, la rodeé e hice que se diera la vuelta, su espalda contra mi pecho. Mientras seguía acariciándola entre las piernas, apuntando con mi dedo a la entrada de su coño virgen, le pedí que se tumbase sobre la tabla de surf, boca arriba.

Megan obedeció sin rechistar mientras yo pensaba qué podía hacer exactamente para que fuera perfecto, pero sobre todo para que fuera memorable, porque en ese momento ya podía estar seguro de que, pasara lo que pasara, ella me recordaría hasta el final de sus días.

No soy alguien que a estas alturas se fije solo en chicas jóvenes, aparentemente vírgenes. Con Megan habían coincidido demasiados polos de atracción, encabezados por ese aire misterioso, ese acento británico lejanamente parecido al mío, y esa entrega incondicional.

Me arrodillé ante ella y busqué su clítoris con mi lengua. Sus manos se enterraron en mi pelo mojado.

Gritó al primer contacto, mientras yo preparaba el camino para lo que vendría después. Todo lo que veía me decía que sería fácil, que aquella humedad se había convertido en un torrente y que esa chica tenía que quedar satisfecha lo antes posible.

Vencí su última resistencia, la alarma interna que nos advierte de que lo que está sucediendo podría no repetirse jamás. Y sin embargo yo ya sabía que esa no era nuestra última vez juntos, todo lo contrario, era la primera de infinitas.

## HOTEL PARADISO: HISTORIAS 1 - 4

Megan se subió de nuevo a la tabla, pasó una pierna a cada lado y deslizó su cadera hasta el extremo. Me incliné, buscando de nuevo su boca.

—¿Estás bien?

—Sigue, por favor.

Rodeó mis caderas con sus piernas, exactamente igual que el momento en que la medusa nos acechó. Buscaba el contacto íntimo y lo quería, lo necesitaba en ese preciso instante.

Megan no aguantaba más. Me necesitaba dentro de inmediato.

Necesitaba exactamente lo mismo que yo.

Y estaba preparado para dárselo.

Estiré la mano hasta alcanzar uno de los cajones de herramientas donde hacía un par de horas había tirado mi cartera. Allí, si no recordaba mal, debía guardar un par de preservativos que solo esperaba que no estuviesen caducados. Sí, así podía resumirse mi interés por la compañía femenina íntima hasta que llegó ella en ese barco.

Por suerte estaban ahí. Quería ser extremadamente cuidadoso. Deslicé un preservativo sobre mi pene erecto. Me sorprendió su dureza, hacía mucho que no me excitaba tanto. Cuando estuvo colocado deslicé la punta por el húmedo hueco de Megan. Ella gimió con impaciencia y se agitó sobre la tabla. Me incliné y sujeté ambos lados, mientras me deslizaba arriba y abajo.

—No me hagas esperar, Max —gimió.

Mi pequeña inglesa estaba lista para mí. Contenía el aliento al mismo tiempo que me apresaba con sus piernas, aplicándome un candado perfecto. Estiró sus manos, buscando mi pecho.

—Acércate más.

Me incliné del todo y empecé a abrirme paso entre su carne.

—Aghhhhh —gemí.

Notaba como algo implosionaba en su interior, una tirantez que se deshacía a mi paso y que me dejaba vía libre. Una gota de sudor se perdió en su pelo.

Megan ahogó un grito.
Lo peor había pasado.
—¿Estás bien?
—Sí, sí...
Disfruté de cada milímetro de su estrechez. Era tan deliciosamente prieta. Incorrompida hasta que yo llegué a su vida. Aquello era un regalo de los dioses y estaba dispuesto a disfrutar cada segundo. Me situé sobre ella para poder contemplar cualquier movimiento de sus ojos. Y cuando llegué al fondo de su cuerpo exhalé y aguardé un segundo. No podía creer que fuese el primero en llegar allí. El primero de su existencia.

—Nunca olvidarás estas vacaciones, preciosa —susurré, con la voz ronca.

Empecé a moverme despacio, entrando y saliendo de ella muy lentamente, esperando a que se amoldase del todo a mí. Pronto, muy pronto, ese ritmo pausado fue insuficiente para Megan.

—Necesito que me llenes, Max —me miró con ojos suplicantes—. Un poco más fuerte.

Acarició mis brazos tensos y empezamos a follar más rápido. Cada poco tiempo me detenía unos segundos para admirar su insolente belleza y para asegurarme de que eso era exactamente lo que quería, lo que esperaba de su profesor de surf.

Pero mi momento de perdición, el minuto exacto en el que me olvidé de mi convicción de que aquello tal vez era un error fue cuando Megan me apartó, se bajó de la tabla, se giró dándome la espalda y se inclinó de nuevo, para que volviera a tomarla desde atrás.

—Como quieras —susurré—, pero no pienso perderme tu cara cuando te corras.

Asintió con la cara resguardada en mi mano.

—Fuerte, Max, por favor. Es lo que necesito ahora mismo.

Megan gimió de nuevo cuando la penetré por sorpresa. Esta vez no fui tan cuidadoso. La urgencia me perdió, igual que a ella. Empecé de nuevo a follarla como un desesperado. Como si esa, en efecto, fuese la última vez. No iba a aguantar mucho más. Cuando el ritmo de su respiración se aceleró, la cogí, la llevé en volandas contra la pared y me hundí por última vez en ella. El orgasmo más intenso de mi vida nos desbordó, y mi preciosa alumna por fin se derrumbó entre mis brazos, exhausta.

# CAPÍTULO 7

**MEGAN**

Durante los días siguientes Max y yo nos buscábamos continuamente. El surf era la excusa que ocultaba el verdadero aprendizaje: mi iniciación en el sexo. Ninguno de los dos pensaba en el tiempo que nos quedaba juntos, que eran días. Nos concentrábamos en explorarnos mutuamente, nuestros cuerpos y nuestro espíritu; y poner en conocimiento del otro los acontecimientos más destacados de nuestra existencia hasta la fecha.

Nos veíamos después de la clase matutina de surf. En una semana ya lograba deslizarme sobre algunas olas para regocijo de Max, que veía cómo sus lecciones daban frutos. Y por las tardes nos encontrábamos en la playa de Sunbait, algo lejana al hotel, donde evitaríamos que nos viesen.

En esencia, yo quería escapar de la mirada controladora de mis padres y Max quería resguardarse del ojo de halcón de Ellen.

La costa de Sunbait y sus clubs de playa, donde nos citábamos, eran perfectos para dar rienda suelta a nuestra historia, intensa y precipitada. Usábamos las bicicletas del hotel y pedaleábamos unos veinte minutos hasta llegar a aquel sitio paradisíaco donde nadie nos conocía, donde podíamos pasear de la mano al atardecer, bañarnos en el mar y encontrar algún rincón discreto donde dar rienda suelta a nuestra pasión.

En el séptimo día de las mejores vacaciones de mi vida, Max y yo nos sentamos a cenar en un restaurante mexicano de Moxey Town. Mis padres habían relajado su férreo control. Les dije que por las tardes estaba asistiendo a un taller de poesía, que era algo que en todo caso ya practicaba en secreto desde hacía años: tenía un cuaderno en el que componía versos en mis ratos libres. Nunca le había hablado a nadie de ello.

Pedimos unos tacos y unas cervezas Pacífico.

Ese día Max había permanecido algo más serio de lo habitual.

—He de contarte algo —me dijo, mientras esperábamos que llegara el postre al que yo nunca renunciaba.

—¿Todo bien? —pregunté. Su tono de voz anticipaba algo que no me iba a gustar demasiado. Era curiosa la sensación que me perseguía, como si Max fuese alguien a quien conociera desde hacía siglos.

—Estoy preocupado por tu vuelta a Londres, es todo.

—¿Preocupado? ¿En qué sentido?

Aún no habíamos hablado de qué pasaría. Con nosotros. De cómo íbamos a perpetuar lo que ninguno de los dos quería interrumpir. Estábamos demasiado concentrados en aprovechar hasta el último segundo.

—Es por tus padres. Por tu madre.

—¿Mi madre?

Max respiró hondo.

—He estado dudando sobre si contarte esto.

Vaya. La cosa parecía seria. Dejé el taco sobre el plato y lo observé con atención. Max respiró hondo. Fuera lo que fuera, debía ser importante. Lo que me ahogaba era su expresión solemne.

—La tarde en la que llegasteis tuve una breve reunión con tu madre.

—¿Cómo? ¿Con Grace?

Asintió. Me temí lo peor. Si mi madre estaba metida en esto entonces la cosa no pintaba nada bien.

—Me habló de ti, sin entrar en demasiados detalles. Me dijo que más o menos te habían forzado a venir con ellos, que en realidad querías pasar el verano en Londres. Que habías tenido un pequeño contratiempo y que necesitaban asegurarse de que permanecías desconectada de tu vida en Londres. Me pidieron que me asegurase de que participabas en mis clases, que tuvieses las mañanas ocupadas y que les avisara si tratabas de acceder a Internet...de comunicarte con el exterior.

Me quedé de piedra.

—¿Mi madre te pidió eso?

—Sí, pero obviamente a la mañana siguiente...

—¿Te ofreció dinero, Max?

Asintió.

—Se lo devolví al día siguiente. Cuando comprendí que...

Me levanté al instante. La silla cayó hacia atrás. Sentí como un torrente de lágrimas emergía desde mi corazón y amenazaba con desbordarme.

No podía seguir escuchando aquello.

Maldita Grace.

Salí corriendo del restaurante hasta el lugar donde había dejado la bicicleta.

—¡Megan! ¡Espera!

Subí a la bici y empecé a pedalear. La noche ya estaba cayendo. Consulté mi reloj. Eran casi las diez de la noche. Nunca había llegado tan tarde a la *suite* que compartía con mis padres, y probablemente me someterían a un interrogatorio sobre dónde y con quién había estado, pero me daba igual.

¡Mi madre había ofrecido dinero a Max!

Para que me espiara.

Oí su voz a lo lejos. Él también se había subido a la bicicleta y ya pedaleaba tras de mí. Pero estaba demasiado agitada por aquella revelación y no podía ni quería confrontar a Max en aquel momento. Era mejor marcharme a casa, a nuestra habitación, hablar seriamente con Grace y dejar que las cosas se enfriaran un poco. No quería que mi indignación, mi monumental enfado con mi madre, afectara a los últimos días que me quedaban con Max.

—¡Megan!

Tomé un desvío y esperé unos segundos, abrigada por la noche. Me detuve un instante y Max continuó por la recta de la carretera que nos conduciría directamente hasta el hotel. Dejé que pasaran unos minutos y regresé a la vía principal que conectaba los grandes hoteles de la costa de Sunbait con la playa de White Meadows. Nuestra playa.

Me concentré en pedalear y llegar sana y salva al Hotel Paradiso a pesar de las lágrimas.

# CAPÍTULO 8

## MEGAN

Esa noche, a pesar de la hora temprana, mis padres me esperaban en la *suite* doble. Por lo general a esas horas solían tomar un cóctel en alguna de las terrazas, donde había animación nocturna y música en directo. Yo solía escabullirme de esas veladas.

Las noches anteriores había estado con Max en la playa o en su habitación mientras ellos se relajaban. Mis padres eran seres rutinarios y productivos, no muy acostumbrados a tomarse vacaciones. A la una de la madrugada yo ya estaba en mi cama con la misma novela que había traído en la maleta, sin avanzar en la trama; y escuchaba despierta cómo abrían la puerta de la habitación.

Si no hubiesen estado en la habitación habría ido directamente a buscarlos.

Grace estaba en el salón, junto a uno de los grandes ventanales que daba a la playa de White Meadows, el mismo que yo solía utilizar para entrar de nuevo por la noche en mi habitación y deslizarme sin hacer ruido hasta mi cama.

Se giró, con el rostro serio. Era hasta gracioso que estuviese enfadada, cuando era yo la que tenía todo el derecho a ponerme furiosa con ella.

—¿Vas a decirnos dónde has estado?

No tenía energía ni ganas para inventarme nada. Me daba exactamente igual lo que mi madre pensara.

—He estado con Max.

—¿Max?

—Sí, Max. Deberías saber muy bien de quién hablo; pues si no me equivoco le pagaste para que me controlase por las mañanas mientras tú

rellenas crucigramas. ¿Qué pasa, Grace? ¿Cuándo te levantas no estás de humor para hacerlo tú misma?
Inspiró exageradamente.
—Esa acusación es muy injusta, y lo sabes. Solo intento protegerte.
—¿Injusta? Pagar al hombre al que...
—Al que qué.
—Al que quiero, mamá.
Se le escapó un amago de carcajada.
—Oh, no me hagas reír. No lo verás más. Estamos aquí de paso, ¿recuerdas? Y para que lo sepas, no llegué a pagarle, Megan. Ese chico no quiso aceptar...
—Así que es cierto. Lo hiciste. ¿Cuánto?
Un destello de ira me sacudió. Sabía muy bien que si no me apartaba en ese mismo instante le arrojaría a mi propia madre cualquier cosa que tuviese a mano. Algo de lo que tal vez me arrepentiría al instante.

Ahogué un gemido de pura frustración y me dirigí a la pequeña habitación anexa en la que dormía. Cerré de un portazo. Oí los pasos de mi madre acercándose a la puerta. Mi padre, como de costumbre, prefería mantenerse completamente al margen de nuestras trifulcas.

—Megan, cariño —oí al otro lado—. Es mejor que hablemos mañana tranquilamente. Al fin y al cabo será nuestro último día de vacaciones y quiero que todos pasemos un día agradable.

No quería escucharla.

No podía.

No aguantaba aquella obsesión sobreprotectora. Lo de Victoria Gunstig no había sido para tanto.

Me tiré en la cama y ahogué de nuevo mi llanto en la almohada.

El motivo por el que mi madre creía que yo, a mis diecinueve años, necesitaba una vigilancia extra era por el insignificante problema en el que me había metido Victoria Gunstig, mi mejor amiga del instituto. A mi madre nunca le gustó que frecuentase su compañía. Y menos aún enterarse de que Vicky había iniciado una relación con un hombre mucho mayor que ella. Cuando digo mayor, me refiero a con edad suficiente para ser su padre.

Victoria empezó a salir con William Worthington, un acaudalado hombre de negocios de la City, viudo, que había cerrado la venta de un restaurante con su hermano mayor. Me quedé de piedra cuando Vicky me contó que se había enamorado de aquel hombre del que la separaban más de treinta años de edad.

Al principio todo fue un secreto, pero con el paso de los meses, Victoria no ocultó su amor. Se dejaba ver por las calles residenciales de Chelsea de la mano del señor Worthington, importándole muy poco la opinión de cualquier mortal. A mí al principio todo aquello me escandalizaba. Luego empezó a divertirme.

Hasta el día en que me hizo una proposición loca e irreverente. Una cena a cuatro. Ella, Worthington, un amigo de este y yo. Me reí en cuanto vi aquel absurdo mensaje. Acudiría por hacerle un favor, pero dejando claro que no estaba interesada en hombres mayores, a pesar de que Vicky había tratado de convencerme de la estabilidad que ofrecían. De cómo William la colmaba de regalos y le había dejado muy claro que no tendría que preocuparse por nada.

—Es la oportunidad perfecta para abandonar el nido, Megan. Piénsalo bien.

*A lo bueno se acostumbra una muy rápido,* le había dicho yo, entre risas. Alguna vez las dos habíamos comentado cómo nos sentíamos atraídas por hombres, no por chicos, pero definitivamente treinta años de diferencia era demasiado para mí.

Aunque, por supuesto, deseaba lo mejor para mi amiga.

La cuestión era que a pesar de todo estaba dispuesta a acompañarla a aquella cena. Hasta que mi madre interceptó el mensaje. Dejé mi móvil sobre la mesa de la cocina sin proteger y ella, sabiendo en qué andaba mi querida Gunstig, me indicó que no acudiría a esa reunión y

que tal vez había llegado el momento de dejar atrás "amistades tóxicas".
Esas habían sido exactamente sus palabras.
—No puedes prohibirme nada, Grace. Soy mayor de edad.
—Puedo hacerlo mientras vivas bajo mi techo —había contestado ella mientras deslizaba una cereza en su boca.

No la había tomado en serio hasta que, dos días antes de aquella inofensiva cena con Victoria y los dos señores, mi madre me sorprendió con un billete de avión para las Bahamas. Un viaje que, se suponía, harían ellos solos.

—Vendrás con nosotros. Y no busques excusas. No tienes posibilidad de negarte, Megan. No quiero que vuelvas a hablar con Victoria.

—¿Esto va en serio, mamá?

—Nada de hombres, Megan. Eres demasiado joven. Hemos aceptado que quisieras esperar un año antes de entrar en la universidad y lo hemos respetado. Ahora ha llegado el momento de concentrarte solo en tus estudios, y haré todo lo que esté en mi mano para evitar que te metas en problemas.

Me quedé dormida entre sollozos y, de repente, me desperté. Había dejado mi reloj de pulsera sobre la mesa del salón, mientras discutía acaloradamente. Era imposible saber qué hora era en aquella condenada isla. Vivía sin teléfono móvil, tras haberlo perdido en el aeropuerto de Heathrow; y sin mi ordenador por culpa de aquella ridícula prohibición de mi madre. Tampoco me importaba demasiado. Solo me preocupaba de la hora cuando tenía que encontrarme con Max.

Pero aún era de noche. Y juraría que no había pasado demasiado tiempo desde que me quedé dormida, ofuscada por la discusión inútil con Grace. Me había prometido a mí misma que si era necesario regresaría a Inglaterra, buscaría un trabajo y ahorraría hasta reunir el dinero suficiente para reencontrarme con Max. Donde fuese. En cualquier lugar de este planeta.

Max. Dios mío. Lo había dejado tirado en Moxey Town y ahora que lo pensaba, ese era un sitio donde no podríamos volver jamás, pues nos habíamos largado del restaurante en medio de una discusión y sin pagar. Me aseguraría de hacer una transferencia al día siguiente.

Max.

Necesitaba verlo. Hablar con él. Subsanar mi error, que había sido no escuchar. Huir horrorizada por una nueva intromisión de Grace en mi vida.

Me levanté de la cama de un salto, dispuesta a acudir a su habitación, en el ala de empleados del hotel. Necesitaba que me perdonase y que me permitiera pasar junto a él mi último día en el Hotel Paradiso.

Mi última clase de surf.

Hasta que volviésemos a encontrarnos, por supuesto. Y espero que eso no tardase demasiado.

O hasta que él me pidiese que no subiera a ese avión de regreso.

Porque si Max pronunciaba esas palabras, lo haría. Sí. Me quedaría aquí con él una y mil veces. O me iría donde fuese con tal de despertarme a su lado todos los días.

Así de arrolladores eran mis sentimientos.

Me acerqué a la puerta que comunicaba mi minúsculo dormitorio de invitados con el salón de la suite.

Estaba cerrada.

No podía creérmelo. Jamás pensé que llegaría a esos extremos.

Mi madre me había encerrado en la habitación.

Lloré, golpeé la puerta. Me desgañité.

No sirvió de nada.

# CAPÍTULO 9

**M**AX —Llevas todo el día ausente —la voz de Brent interrumpió mis destructivos pensamientos—. Casi se nos ahoga la adolescente de los Humphreys.

Levanté la mirada para encontrarme a mi compañero de pie, en la puerta del almacén, mirándome con cara de circunstancias.

—Por supuesto que no se hubiese ahogado.

—¿Sabes por qué no ha venido hoy Megan? Era su última clase y...

Uf. No estaba de humor para eso.

—No, Brent. No tengo la menor idea de por qué no ha aparecido. Y ahora si me disculpas he de dejar listas tres tablas para la clase de mañana.

En cuanto Brent se fue, entendiendo al instante que una vez más no tenía ganas de conversación, me levanté y di unas vueltas por el taller, completamente ofuscado. Me acerqué al banco de reparación de tablas, el lugar exacto en el que Megan y yo nos habíamos dejado llevar, hacía ya una semana.

¿Qué demonios había sucedido la noche anterior? ¿Por qué había huido de mí, perdiéndose en la noche subida en su bici? Me había vuelto loco. En un principio temí que le hubiera pasado algo, que se hubiera perdido. Al llegar al Paradiso merodeé por el área donde se alojaba con sus padres y vi encendida la luz de su dormitorio. Me quedé algo más tranquilo. Me dije a mí mismo que al día siguiente la apartaría antes de empezar la clase y arreglaría las cosas con ella.

No había calculado que contarle aquello sobre su madre le afectaría tanto. Pero a solo un día de su marcha a Inglaterra, yo ya había decidido que quería a Megan en mi vida, que esperaría lo que hiciese falta, y que lo mejor era ser totalmente transparente y sincero.

Aunque mentiría si no reconociese que, al decirle aquello, tenía un hilo de esperanza de que se apartase definitivamente de su controladora madre y se quedase conmigo.

Era una absoluta locura.

Nos acabábamos de conocer.

Y sin embargo yo ya sabía que necesitaba a Megan a mi lado.

Dejé atrás el taller y recorrí el hotel por enésima vez. Megan no había acudido a clase. En un principio supuse que seguía enfadada conmigo por haberme reunido con su madre, o más concretamente por haber tardado más de una semana en decírselo. Pero habían pasado horas desde la clase y no podía ignorar la acuciante sensación de que algo marchaba mal.

Entré en el ala donde se alojaban los Burton y me dirigí directamente a la puerta de su *suite*. Me daba exactamente igual vérmelas de nuevo con Grace y sus malditos crucigramas. Solo quería hablar con Megan, pedirle que no subiera a ese avión.

Sí.

Ya lo había decidido.

De entrada, le pediría que se quedase el resto del verano conmigo en las Bahamas. Llevaba unas horas dándole vueltas a aquello y cuanto más lo pensaba más perfecto me parecía mi improvisado plan. Megan me había contado que planeaba empezar la universidad en octubre. Teníamos mucho tiempo para pensar qué hacer hasta que tuviese que empezar sus estudios.

Todo un verano por delante.

Llamé a la puerta. No abrían. Pero los Burton no estaban en ningún otro sitio y me había encargado de verificar con Kayla, la recepcionista, que su catamarán de regreso no partía del muelle hasta las ocho de la tarde.

Apoyé la oreja izquierda en la puerta y agucé el oído.

Oí unos tímidos golpes.

—¿Megan?

Los golpes al otro lado de la puerta se intensificaron.

—¡Megan!

—¡Max!

Había gritado mi nombre, pero la voz sonaba muy lejana. Estaba convencido de ello. ¿Acaso era posible que Grace hubiese encerrado a su hija en la *suite*? Tanteé el pomo de la puerta e intenté abrir de nuevo.

Oí su voz con más claridad:

—¡Max! ¡Ayúdame!

—¡Megan!

Tomé impulso hacia atrás y le di una patada a la puerta. La endeble cerradura saltó al instante. Entré en la *suite*. Estaba vacía y con el equipaje de toda la familia allí en medio, listo para ser transportado.

—¡Megan! ¿Dónde estás?

—¡Aquí, en mi dormitorio! ¡Mi madre me encerró anoche!

¿Pero qué demonios...?

La avisé:

—Megan, cariño. Voy a tirar la puerta abajo. Necesito que te alejes lo máximo posible de ella. ¿Me has entendido?

—¡Sí!

Por supuesto, no tuve demasiados problemas en destrozar una segunda puerta.

La encontré sentada en la cama, con los ojos hinchados y llorosos.

—¡Max! —mi nombre sonó por primera vez con alivio. Se levantó de un salto y hundió su rostro en mi cuello. Empezó a sollozar—. Perdóname. No he podido ir a tu clase. Hoy era el último día...

La abracé. Mi principal objetivo en ese momento era que se calmara.

—No, perdóname tú. Ayer fui un insensible. No tendría que haber soltado eso acerca de tu madre de una manera tan brusca, sin prepararte primero; y sobre todo sin haberte dicho primero lo que siento por ti.

Para que pudieses tomar decisiones de una manera fría y calculada, con toda la información y...

—Max. ¿Qué has dicho?

La miré, sin saber muy bien a qué se refería.

—¿Lo que sientes por mí? —me repitió ella.

La abracé fuerte.

—¿Podemos salir de aquí? —le dije—. ¿Podemos ir a nuestra playa y te cuento mejor?

Abandonamos la *suite* con las puertas destrozadas, sin importarnos en absoluto que cualquiera pudiese entrar.

Megan y yo llegamos a la playa de White Meadows. A nuestra playa.

—¿Puedes explicarme por qué te han encerrado? —le pregunté. Necesitaba respuestas para obrar en consecuencia.

—Mi madre considera que no debo volver a verte. Que debo alejarme de cualquier hombre en este momento de mi vida.

—Dios mío, nena...

La atraje hacia mí. No pensaba permitir que se subiese al avión con aquella mujer.

—Megan, no hace falta que te diga esto, pero eres mayor de edad y puedes tomar tus propias decisiones. No sé exactamente qué ha sucedido con tu madre, qué ha hecho que haya desarrollado esa sobreprotección enfermiza hacia ti, pero...

—Ayer, en el restaurante, me dijiste que había algo que no me habías contado. Y me hablaste del dinero que Grace te dio.

Asentí.

—Se lo devolví al día siguiente. No podía aceptarlo. Deseaba estar contigo todas las mañanas. Y todas las tardes.

—Lo sé. Sé que se lo devolviste. Lo que quiero decir es que habría sido una oportunidad perfecta para dejar que te explicases; y para que yo también te contara por qué mi madre se ha obsesionado de esa forma.

—¿Tiene algo que ver Victoria Gunstig? —le pregunté.

Megan respiró hondo. La brisa marina le sentaba perfectamente. El color había vuelto a sus mejillas y parecía más tranquila y relajada. Creo que mis brazos también habían ayudado.

—Victoria es mi mejor amiga del instituto. Empezó a salir con el señor Worthington, un hombre de negocios del que la separan más de treinta años. Es un hombre mayor del que parece estar muy enamorada. Mi madre me prohibió salir con ella, y especialmente me prohibió acudir a una cena en la que cenaríamos con Worthington y otro amigo suyo. Mi madre creyó que yo caería en lo mismo que Vicky, que me interesaría por un hombre mayor y me marcharía de casa. Yo pensaba que todo se debía a su obsesión con que me centre en mis estudios, hasta que, antes de subirme al avión que me trajo hasta aquí descubrí lo que sucedía en realidad.

Observé sus labios, moviéndose a toda velocidad. Podría escucharla hablar todo el día. Mis manos rodeaban su cintura y no pensaba dejarla escapar.

—Max, esto es lo que sucedió: revolví un poco en el vestidor de mi madre y encontré una caja con antiguas fotos. Y descubrí que el señor Worthington fue su primer novio.

Me reí.

Vaya con Grace.

Mi chica soltó un amargo sollozo.

—Aún así, Megan, toda esa locura rocambolesca no es motivo suficiente para encerrarte en la habitación. Ni mucho menos. ¿Con qué objetivo? ¿Es que Grace pensaba que una puerta se me iba a resistir? O dos puertas? Y por cierto, ¿dónde se han metido?

—Creo que estarán haciendo el *check out*.

Me besó.

Todo estaba bien si estábamos juntos.

No estábamos preocupados por ese avión que iba a despegar porque Megan y yo, íntimamente, sabíamos que ella no tomaría ese vuelo.

—Max, me quiero quedar aquí contigo. El resto del verano. Y luego ya veremos qué pasa. No puedo volver a casa con Grace. No después de lo que ha hecho.

La abracé.

—Por supuesto que no subirás a ese avión. No podría permitir que te encerrasen de nuevo. Mereces volar libre, Megan. Llevo toda la noche despierto dándole vueltas a cómo podemos hacer... Escucha esto. Dime si te parece bien: alquilaré una pequeña casa en Moxey Town. Al menos para el resto del verano. Nos quedaremos allí, si quieres acompañarme. Yo seguiré con las clases de surf y tú tendrás tiempo para pensar qué quieres hacer.

Sus ojos brillaron.

—¿Lo dices en serio?

—Completamente. Y, respondiendo a tu pregunta, sí, siento algo por ti. Algo intenso, indescifrable. No puedo entenderlo y no me importa. Nunca había crecido algo así dentro de mí... tan rápido.

—Te entiendo porque... a mí me pasa exactamente lo mismo, Max.

—Y además, hay otro motivo por el que no puedes irte —dije.

—¿Qué es?

—No puedes separarte de mi lado hasta que montes las olas como es debido, Miss Burton.

La besé de nuevo. Íbamos a sortear todas las olas juntos. Por muy grandes y monstruosas que fueran.

# EPÍLOGO

## Ocho meses después
## MEGAN

—Estamos locas —me dijo Vicky al otro lado del teléfono—. Tu madre me va a odiar por animarte a esto. Irte a vivir a Australia con Max. ¿Era ese el sitio más lejos posible, verdad?

Me reí.

—Da la casualidad de que Max es australiano. Pero, oye, ni te preocupes por Grace. Está muy ocupada con su terapeuta. Tiene mucho trabajo que hacer consigo misma, y sobre todo con su pasado.

Me mordí la lengua. No estaba segura de si Victoria sabía lo de Worthington y mi madre hacía millones de años, pero por si acaso prefería no sacar el tema.

—Me alegro mucho de que todo haya salido bien al final. Sé que fue complicado tomar la decisión de quedarte en Bahamas—me dijo.

En realidad, no. No había sido nada complicado. No lo es cuando tienes a tu lado al amor de tu vida.

—Muchas gracias, querida —le contesté—. Te espero en Melbourne, ya lo sabes. He de irme, Max acaba de llegar a casa. Te llamaré cuando estemos instalados. Un beso.

Colgué el teléfono.

Lo primero que hacía cuando Max regresaba de sus clases de surf en el hotel era abrazarme a su cuello. Y lo primero que hacía él era meter las manos debajo de mi falda. Era un motivo más que suficiente para desterrar los pantalones de mi armario.

Tampoco es que hiciesen falta en las Bahamas.

Todo había salido casi perfecto. Hui con Max a Moxey Town el mismo día en que me encontró encerrada en la suite. Le dejé un mensaje a mi madre en la recepción del hotel:

*No subiré a ese avión. Me quedo con Max en Bahamas. No me busques. Contactaré contigo cuando sea el momento.*

*Buen viaje, Grace*

Y desaparecimos durante algunos días. Sin más.

Mi madre no tuvo más remedio que aceptar mi decisión, y fue lo suficientemente sensata para no llamar a la policía: ella también había hecho cosas de las que no podía estar orgullosa.

Max me había sacado de aquel infierno, aquella cárcel opresiva, y me había resguardado en una antigua casita de pescadores en Moxey Town.

Me despertaba a su lado todos los días. Eso me hacía feliz.

Encontré trabajo para el resto de la temporada de verano en la recepción de un hotel de la zona y decidí posponer un año más mi entrada en la universidad. Me di cuenta de que había vivido demasiado tiempo bajo el yugo de Grace y por fin podía volar sola y libre.

Con Max.

Montar las olas, como él siempre decía.

Me abrazó y me llevó hasta la cama. Nuestro equipaje estaba preparado para un largo trayecto.

Nos íbamos a vivir a Australia.

Allí, en menos de un año, empezaría por fin mis estudios de medicina.

¿Qué más?

Oh, sí. La pregunta del millón:

¿Que si ya me mantengo en pie sobre la tabla?

¡Solo puedo decir ... no hay ola que se me resista!

HOTEL PARADISO: HISTORIAS 1 - 4
# El millonario que me espera
## Hotel Paradiso #3
# Elsa Tablac

# CAPITULO 1

R<sup>OSE</sup> —Suficiente, gracias —le indiqué al camarero del club de playa que volcaba una botella de Moët frío en la copa que acababa de poner en mis manos.

Tomarme unos sorbos del mejor *champagne* a las seis de la tarde delante de una playa caribeña podría suponer un sueño cumplido para muchos, pero ese día me acompañaba cierto desasosiego. Durante los últimos dos días había perdido un poco de vista a Erin, mi compañera de viaje, quien parecía haber encontrado de repente el amor.

Habíamos viajado juntas a las Bahamas de luna de miel. ¡No! Jamás nos hemos casado. Ella había descubierto —el día antes de la boda, nada menos— que su prometido, Will, le era infiel. Y echó el freno de emergencia, por supuesto. Y yo misma la convencí de que no debíamos desperdiciar un todo incluido en las Bahamas que ya estaba más que pagado y que no era reembolsable, a pesar de las dramáticas circunstancias.

Total, que Erin y yo llegamos al Hotel Paradiso y en cuestión de horas —perdón, en cuestión de minutos—, mi mejor amiga conoció al que a todas luces será el gran amor de su vida.

Increíble, ¿verdad? Y sin embargo hay quien tiene ese tipo de suerte en la vida. Hay personas que consiguen enlazar relaciones sólidas una tras otra, y a pesar de que sean conscientes de que un tiempo a solas es lo mejor para curarse, el amor les aborda continuamente.

Y eso sucedía con Erin. Había tenido una conexión especial con el nuevo director del Hotel Paradiso —al segundo día de estar aquí— y yo, preocupada por el bajo estado de ánimo con el que me la encontré en el aeropuerto la animé a que se dejase llevar. La jaleé, debo reconocerlo.

Y, en cierto modo, la perdí de vista.

Con mi permiso, por supuesto.

Me levanté de mi hamaca con la copa aún en la mano y decidí que lo mejor era dar un paseo por los alrededores del impresionante hotel. Hubiese sido una locura descartar aquellas necesitadas vacaciones.

Me coloqué mi elegante caftán y mis gafas de sol y me perdí por los jardines de la parte posterior del hotel, bastante inexplorada, pues no tenía vistas de la magnífica playa de White Meadows.

Vi a Kayla, la bella y joven recepcionista que había sido tan amable y comprensiva con el pequeño cambio en nuestra reserva. En lugar del "caballero" Will, aparecí yo para acompañar a Erin y tras unos minutos tecleando en su ordenador nos confirmó, en voz baja, que iba a poder mantener nuestra espectacular *suite Honeymoon*, que en un principio estaba destinada solo a recién casados.

Una *suite* que, me temo, iba a ocupar yo sola en lo que restase de vacaciones, pues Erin solo aparecía por allí puntualmente para cambiarse de ropa o para hablarme, totalmente extasiada, de lo que estaba sucediendo con Luke Davies, el guapo director del hotel.

Me acerqué a Kayla, que miraba al frente, muy concentrada, con un *walkie-talkie* en las manos.

Allí acababa el selvático jardín trasero del Hotel Paradiso y se extendía una gran extensión elevada de cemento.

—¿Qué es eso? —le pregunté, colocándome a su lado.

Kayla dio un pequeño respingo.

—Oh, hola.

Sonreí.

—Hola, querida.

—Pues... Estamos esperando a un huésped bastante especial.

Miré en la misma dirección que ella. La única carretera que conectaba con el hotel estaba a la derecha de la propiedad, y recorría la costa de la isla hasta el pequeño pueblo de Moxey Town, el núcleo urbano más próximo.

Miré a izquierda y derecha.

—¿Un huésped especial? ¿Es un paracaidista?

Kayla soltó una risita.

En ese momento apareció en escena Ellen, la gerente del hotel. Sin duda se sumaba al comité de bienvenida. Observó la copa semivacía que sostenía entre mis manos. ¿Me estaba juzgando en silencio? Si era así, entonces tenía muy mala suerte, pues como clienta "VIP" lo máximo que podría hacer sería criticarme a mi espalda. Además, a aquellas alturas debería saber muy bien que yo era la mejor amiga de Erin, la nueva obsesión de su jefe.

—El señor Cargill llegará en helicóptero en cualquier momento —murmuró Kayla.

—¿Tenemos todo listo? —preguntó Ellen.

Solo con oír ese apellido ya me estremecí de pies a cabeza. Conocía muy bien a un Cargill de Manhattan, pero tendría demasiada mala suerte si coincidíamos en nuestro lugar de vacaciones. Nuestra preciosa isla. Nuestro espectacular hotel.

No, el Cargill que yo conocía no era precisamente alguien que se tomase unas vacaciones de repente. Era adicto al trabajo y jamás desconectaba y además... —apuré la copa de un trago—... Es alucinante la cantidad de información que puedes llegar a acumular sobre alguien con quien apenas has cruzado unas palabras en tu vida.

Unas palabras bastante desafortunadas, además.

Ellen me miró de nuevo. No le caía demasiado bien, lo notaba. Supongo que allí no pintaba nada, pero había escuchado el apellido maldito y no pensaba moverme allí hasta confirmar mis peores presagios.

O podía, simplemente, preguntarle a Kayla.

—¿Cargill? ¿Cargill qué? Conozco a un Cargill —le dije—. Sería demasiada coincidencia si...

—Créame, señorita Wall —contestó Ellen en su lugar—. No sería coincidencia en absoluto. El nuestro es un hotel de referencia y como bien sabe hay lista de espera para venir a visitarnos.

Asentí. Era una curiosa manera de presentarse. Ellen era el soldadito corporativo perfecto. Erin haría muy bien en andarse con cuidado con ella en el futuro.

—Evan Cargill —contestó Kayla, alguien que no parecía muy por la labor de guardar secretos.

Ellen la fulminó con la mirada.

—Lo va a ver de todas formas —dijo la recepcionista, excusándose.

—No necesariamente. El señor Cargill viene a la isla para mantener unas reuniones de alto nivel y dispondrá de habitaciones reservadas a las que puede acceder sin necesidad de atravesar las zonas comunes. Tú aún no estabas aquí trabajando con nosotros, pero te recuerdo aquella vez que Madonna vino con todo su séquito y ni uno solo de nuestros huéspedes se enteró.

Kayla abrió la boca.

—¿Madonna estuvo aquí? Eso no me lo has contado.

Me aparté un par de metros de las dos empleadas y me apoyé en el tronco de un limonero. Me sentía algo mareada. Las rodillas me flaqueaban y no, las dos copas de Moët no tenían nada que ver en ello, a pesar de que me las había tomado bajo un sol de justicia.

Evan Cargill.

El puto Evan Cargill estaba a punto de aterrizar con su maldito helicóptero.

No estaba preparada para ese reencuentro.

*Ellas dicen que ni siquiera lo voy a ver, pero a mí no me cabe la menor duda: va a arruinar mis vacaciones.*

De repente tenía ganas de llorar.

Pero las hélices de su estúpido helicóptero, que ya se acercaba por el pacífico cielo sobre nuestras cabezas, habrían secado mis lágrimas muy rápido.

El helicóptero descendió sobre la pequeña pista de asfalto.

En ese momento reaccioné; me escondí detrás del limonero. A medida que las hélices del aparato fueron bajando su ritmo Kayla y Ellen se acercaron poco a poco. Medio minuto después, la puerta se abrió.

Y allí estaba, el mismísimo Evan Cargill.

Una vez más perturbando mi existencia. Mi pamela salió volando. Mi vaporoso caftán se levantó, dejando a la vista de quien estuviese mirando en ese instante mi ropa interior.

Evan Cargill bajó del helicóptero y saludó a Ellen y Kayla. Aquel idiota siempre necesitaba un comité de bienvenida. Me fastidiaba reconocerlo, pero estaba guapísimo. Con ese bronceado misterioso —a saber cómo lo había conseguido si nunca salía de su oficina— y una absurda camisa floreada.

*Viene disfrazado de turista, no me lo puedo creer.* Creo incluso que lo dije en voz alta.

Mi estupefacción no tenía límites.

Mis vacaciones perfectas empezaban a no serlo tanto.

Y para colmo, me había quedado sin *champagne*.

# CAPÍTULO 2

E**VAN**
　　Cosas pendientes, montones de cosas pendientes.

Y no hay cosa que me produzca mayor satisfacción que tacharlas de mi lista. Alcanzar mis objetivos. Seguir alimentando mi hambrienta fortuna.

Saludé a la gerente del hotel, un poco contrariado porque no fuera uno de los Davies quien me recibiese en persona en su hotel.

—Nosotros nos ocupamos de su equipaje, señor Cargill —me dijo Ellen, ese era su nombre.

—Perfecto, gracias.

—¿Cuándo llegan las personas con las que debe reunirse?

—Mañana, a primera hora. Necesitaré disponer de una sala de reuniones. Mi secretaria, Barbara, se comunicará con ustedes y les dirá exactamente lo que necesitamos.

—Oh, ya lo ha hecho. Estamos en contacto permanente con Barbara para que todo salga a la perfección. Nos ha recalcado que se trata de una reunión de vital importancia para usted —siguió Ellen, revoloteando a mi lado mientras dejábamos atrás el pequeño helipuerto y me conducía al ala del hotel en el que me hospedaría.

—Gracias.

—Su reserva está abierta, por cierto. Hemos bloqueado su *suite* provisionalmente durante el resto del mes. ¿Va a quedarse unos días más de vacaciones?

Me reí.

Tenía que reconocer que aquella brisa tropical me ponía de buen humor nada más entrar en contacto con ella.

—¿Lo dice por mi atuendo?

Me había vestido con unas bermudas y una camisa estampada. No me parecía apropiado hacer aquel viaje desde Miami con uno de mis trajes. Había pasado unos días allí para hacer algunas reuniones más, una pequeña escala desde mi lugar de residencia habitual, Nueva York.

—¿Su atuendo? —preguntó Ellen—. No, ¿por qué?

—¿Le parece que voy disfrazado?

—Tan disfrazado como yo misma. Va usted en sintonía, más bien. Aquí todo es mucho más... relajado. Ya lo comprobará.

—Yo diría, si me permiten opinar, que va usted perfecto —dijo la otra chica, una atractiva morena llamada... ah sí, Kayla.

Soy bueno recordando nombres.

Y especialmente recuerdo uno. El de la chica que me había hecho escoger el Hotel Paradiso para mi reunión.

Rose Wall.

Me constaba que se alojaría aquí los próximos días. Y eso gracias a las dotes detectivescas de Barbara. Tenía que subirle el sueldo próximamente a mi asistente, por cierto.

Ellen se giró y me miró mientras avanzaba por un desierto pasillo del ala oeste del hotel. En ese momento recordé su pregunta.

—¡Ah, sí! Vacaciones. No es algo que tenga en mente, Ellen. ¿Vacaciones? Qué curioso concepto. No recuerdo la última vez que me he concedido más de tres días libres seguidos. Y eso solo en el caso de que tenga conmigo mi ordenador portátil y acceso a Internet. Ese asunto está solucionado, ¿verdad?

—Habitualmente aconsejamos a nuestros huéspedes despojarse de sus dispositivos para una total desconexión —dijo Ellen—. Por eso el Wi-Fi del hotel funciona escasamente, y solo facilitamos la contraseña en el caso de que quienes nos visitan lo necesiten realmente.

Abrí la boca para protestar, pero Ellen me tranquilizó enseguida.

—Las habitaciones que ocupará usted no tienen ese hándicap, señor Cargill. La conexión de este ala está lista para su estancia.

—Perfecto.

Me entregó una llave magnética.

—Hemos acordado con Barbara cómo serán sus comidas y qué necesita exactamente. Se las llevaremos puntualmente a sus habitaciones.

Aquella mujer se adelantaba a todas mis dudas y deseos excepto una. La básica. Lo único que en el fondo me interesaba.

—Todo bien, Ellen. Una cosa más. ¿Puede confirmarme si Rose Wall se aloja en el hotel?

Meditó unos instantes.

La joven Kayla asintió en su lugar.

—¡Rose, la amiga de Erin!

—La misma —dije.

—Sí, de hecho hace solo unos momentos...

Su jefa la interrumpió.

—Creo que la señorita Wall está con nosotros, pero no podemos revelar información acerca de nuestros huéspedes a no ser que...

—Oh, no se preocupe. Es una vieja amiga mía.

Ellen me miró, inquisitiva.

—¿No le ha dicho usted que venía hacia aquí?

—La habría avisado si permitiesen ustedes los... dispositivos. No habría podido localizarla.

—No me he explicado bien, tal vez. Los admitimos. Los huéspedes pueden traer sus teléfonos, faltaría más. Solo los desaconsejamos para un mejor disfrute de este entorno natural maravilloso. Le aseguro que en cuanto pise la playa de White Meadows no va a poder...

—Gracias, Ellen —la interrumpí—. No tengo su número de teléfono personal. Solo el de trabajo. ¿Cree que puedo dejarle una nota en recepción? Me gustaría charlar un rato con ella. Nada de trabajo, lo prometo.

—Yo puedo avisarla en cuanto la vea —contestó Kayla—. De hecho estoy convencida de que si pasea usted por el hotel, Evan, se la encontrará. Esto no es tan grande.

—No tengo tiempo para pasear —contesté a la entrada de mi *suite*—. Confío en usted para localizarla; Kayla. Y ahora si me disculpan, voy a ponerme un poco más cómodo.

Cerré la puerta, deseoso de estar a solas un rato. Me pasaba la vida acompañado de personas que me daban la razón en todo y me facilitaban la vida al extremo, y a veces un hombre solo necesita no tener a nadie a su alrededor.

Rose Wall.

También conocida como *La loba de WALL Street*.

Era un mote algo desafortunado, sin duda. Pero aunque nadie me creyese no había sido yo quien la había bautizado así. Y antes de conocerla, aquel desastroso primer y único encuentro, me habían advertido sobre ella, aunque yo supiese a ciencia cierta que aquella recién llegada a las finanzas no tenía nada que hacer frente a Cargill & Associates.

Associates era solo una coletilla que le había puesto a mi principal empresa. Yo estaba detrás de todas las decisiones. Me topé con Rose en un restaurante después de que yo me hiciese con la cuenta de un interesante inversor. Uno por el que los dos competíamos. Le robé su primer gran cliente, esa es la realidad.

Y sé muy bien que me odiaba por ello.

Pero Rose era una joven financiera hecha a sí misma que iba a llegar muy lejos. Tenía agallas y no se amilanaba ante auténticos tiburones como yo. Así que le auguraba un futuro brillante.

A poder ser a mi lado.

No me malentiendas. Ella puede ser *La loba de Wall Street*, pero yo soy un lobo solitario. Trabajo solo, mi fortuna como consultor financiero —y ya como inversor— está construida por mí mismo.

Pero aunque el resto del mundo opine lo contrario, no soy alguien brillante. Simplemente trabajo el doble que los demás.

Por eso no hago vacaciones.

Es un concepto que no contemplo.

## HOTEL PARADISO: HISTORIAS 1 - 4

El único motivo que tengo para citar a uno de mis principales clientes en un lugar ridículo como este es ella, Rose Wall. *Ella está aquí.*

Después de que me echase en cara en mitad de un restaurante que "le hubiese robado su cliente", pasé tres días intentando conseguir su contacto. Por algún motivo sus servicios se recomendaban con el boca-oreja. No había manera de contactar con ella vía e-mail y ni siquiera sabía dónde estaba ubicado su despacho.

Así que puse a trabajar a mi infalible Barbara, quien, pensando que la veía como a una de mis potenciales competidoras, elaboró un suculento dossier propio del mejor de los detectives. Los puntos más interesantes acerca de Rose Wall, los que marqué con un subrayador fluorescente fueron:

- Soltera, treinta y un años

- Todo apuntaba a que trabajaba en casa, algo que sus clientes no sabían a ciencia cierta.

- Se reunía con ellos en sus propios despachos, cafeterías o restaurantes del sur de Manhattan

- Había empezado su negocio hacía menos de dos años, durante el confinamiento

- Era una excelente amiga de la decoradora Erin Crawford quien, por cierto, acababa de cancelar su boda

Y lo más sorprendente:

- Acompañaría a su amiga en su próxima luna de miel ficticia en las Bahamas

—Averigua dónde —le dije a Barbara—. Y los días exactos.

—De acuerdo. Lo único sobre lo que no tengo información, Evan, es sobre su familia —contestó Barbara—. Generalmente alguien con ese perfil tan ejecutivo...no sé. Deberíamos saber de dónde ha salido. Quién le ha enseñado a moverse de esa manera. No sé de dónde sale Rose Wall, ni quiénes son sus padres.

—Gracias, Barb —murmuré.

Mi asistente me llamó al cabo de una hora con la información exacta que necesitaba: *Hotel Paradiso, del diez al veinte de julio*.

Y, obrando por un impulso muy específico, físico, podría decir, llamé a Rick Shaw y le propuse encontrarnos en este hotel.

*Movamos nuestra reunión al Caribe, Rick.*

Mi reunión con Shaw era una burda patraña, la verdad. Nada que no hubiésemos podido solucionar con una comida en Nueva York o en Miami. Simplemente estaba dispuesto a conquistar a Rose Wall durante mi estancia.

Supongo que Barbara imaginó, cuando le pedí que organizase aquel viaje sin su compañía, que había claudicado a un instinto que yo mismo había anestesiado hacía unos años, cuando me propuse ser uno de los hombres más ricos del sur de Manhattan.

Lo tenía muy claro: me concentraría en mi trabajo hasta que apareciese una mujer digna de arrodillarme. Lo que jamás pensé es que esa mujer lo haría enfadada y acusándome de pisar su territorio. Me hizo gracia su insolencia y sus agallas, pero evité ser condescendiente en su presencia.

Aquel día la escuché, le pedí disculpas, murmuré que tal vez debíamos almorzar algún día para limar aquellas asperezas. Pero mientras Rose me acusaba yo me vi sorprendido por la reacción de mi cuerpo. De mi masculinidad. Mis músculos se tensaron, mi miembro se endureció mientras ella me echaba una monumental bronca. Menos mal que estaba sentado. Y en cuanto La Loba de Wall Street dio un golpe de melena y me dejó clavado en la mesa del restaurante, lo supe.

Era ella. Mi futura esposa.

# CAPÍTULO 3

## ROSE

—¿Cómo me iba a perder una reunión del comité de emergencias? —preguntó Erin—. Y menos cuando has dejado caer el nombre de Evan Cargill en la conversación como si nada.

Erin había tenido la delicadeza de hacer una pequeña pausa en su intenso romance con Davies para atender mi pequeña crisis en la *suite* que supuestamente compartíamos. Ella dormiría ya todas las noches en el palacio anexo de Luke.

—No me puedo creer que Cargill haya escogido precisamente este hotel entre todos los que hay en este condenado archipiélago —dije.

—¿Qué vas a hacer al respecto? —me preguntó Erin.

—¿Qué crees que debería hacer?

—Nada. Creo que deberías seguir tomando el sol y contemplando el horizonte mientras alguien te sirve una piña colada. Una tras otra.

—Se avecina algún tipo de desastre, estoy convencida.

—Yo, en cambio, opino que es el momento perfecto para que solucionéis vuestras diferencias. Tal vez Luke lo conoce. ¿Quieres que le diga...?

Ignoré su atrevimiento.

—¿Qué demonios hace aquí? Además, Cargill no es conocedor del concepto "vacaciones". Dudo que haya descansado en su vida.

—Habrá venido por negocios, entonces.

Erin me lanzó una de sus miradas sospechosas.

—Te veo un poco agitada –dijo—. ¿Es solo por aquel desafortunado desencuentro que tuvisteis en el restaurante?

—Le canté las cuarenta. No sé si lo llamaría desencuentro.

—¿Y él qué te dijo?

—Nada. Asintió y murmuró una disculpa. Totalmente insincera, por supuesto.
—¿Insincera? Déjame ese teléfono móvil que tenías escondido en el neceser.
Le lancé el móvil sobre la cama. Erin lo cogió y tecleó a toda velocidad.
Me mostró una foto de Evan en la pantalla.
—Mi némesis —dije.
—¿Este es tu némesis? Es muy guapo.
—¿Y? ¿De qué le sirve a nadie ser guapo si resulta ser tan arrogante que ninguna mujer en su sano juicio, ni ningún hombre, antes de que puntualices, se acercaría a él? Es uno de los mayores tiburones de Manhattan, y créeme que conozco a unos cuantos.
Erin se levantó. Supongo que se había cansado de oír mis lamentos fundados.
—¿Qué te parece si nos vamos al spa? Un buen tratamiento relajante, ¿qué opinas?
—¿Y Luke?
—Luke tiene trabajo. Y además, también quiero pasar tiempo contigo. Ya lo veré esta noche.
Tal vez no era mala idea. A lo mejor flotando en un *jacuzzi* se me pasaba el disgusto y el tormento. Realmente, ¿era para tanto? ¿Por qué aquel hombre me provocaba una reacción tan básica y primaria? Erin tenía razón, era bastante atractivo a pesar de sus aires de superioridad, pero la única vez que nos habíamos visto, cuando le dije claramente lo que opinaba de él y de sus métodos, mi cabreó nubló cualquier opción de fijarme en él...en ese sentido.
Lamento decir que mi indignación repentina, pese a estar de vacaciones, se debía al súbito calor que había sentido cuando lo vi bajar de su helicóptero con aquella ridícula camisa, totalmente ajeno al bochorno que provocaba su disfraz de persona relajada.
*A mí no me engañas, Cargill. Tú jamás te relajas.*

## HOTEL PARADISO: HISTORIAS 1 - 4

Esa frase exacta era la misma que había salido de mi boca antes de abandonarlo en el restaurante, con un golpe de melena y sin posibilidad de réplica. Debió pensar que era una auténtica niñata. Yo, en cambio, lo llamo "genuina impulsividad", algo que de verdad me gustaría corregir con el tiempo pero que por el momento me provoca una intensa satisfacción.

En el momento. Después siempre pido que se me trague la tierra.

Supongo que ser casi una recién llegada al mundo de las finanzas y haber conseguido lo que yo en tan poco tiempo suele poner en guardia a gente como Evan Cargill.

Dios mío, nunca iba a poder reconocer lo mucho que en el fondo me atraía.

La única explicación a cómo me sentía, al motivo por el que necesitaba urgentemente una sesión de spa, era que empezaba a ser consciente de haber fantaseado demasiado con la posibilidad de que Evan Cargill y yo acabásemos en una cama.

Una cama.

Una noche.

Y en el Hotel Paradiso había centenares de camas.

Y centenares de noches también.

Dios mío, me sentía sucia con solo pensarlo. ¿Sucia? No, me sentía digna de ser castigada. *Una buena penitencia es lo que necesitas, Rose Wall.*

Erin y yo recorríamos el vestíbulo principal en dirección al spa del hotel. Me había quitado el caftán que me daba un aspecto de "divorciada alcohólica", según Erin —aunque la verdad, era comodísimo y tenía varios de distinto color en mi maleta—, y me había puesto un vestido blanco que resaltaba mi incipiente bronceado.

Fue entonces cuando oí una voz que me llamaba.

—¡Miss Wall!

Solo alguien joven y muy desubicado me llamaría Miss Wall.

Me giré. Era Kayla, la recepcionista. Me hizo un gesto con la mano para que me acercase a su mostrador.

Erin me acompañó.

—¿Esa chica vive ahí expuesta las veinticuatro horas? —susurró.

—No —dije—. Yo también me lo preguntaba. Pero aunque sea omnipresente resulta que solo está ahí unas siete u ocho horas al día. Y ni siquiera permanece todo el tiempo tras el mostrador de recepción. Ella solo se ocupa de las admisiones, cuando llega un nuevo barco...Hace más cosas en el fondo. Ayuda a Ellen.

—¿Cómo sabes todo eso?

Me encogí de hombros.

—Tiempo libre, supongo. Además, Kayla no es alguien a quien se le dé especialmente bien mantener la boca cerrada.

Erin me miró alucinada.

—Veo que tienes el territorio bien controlado.

—Yo sí. Quien debería tenerlo controlado eres tú, que dentro de poco lo gobernarás con mano de hierro.

Erin se rió y me dio un suave empujón.

—Cómo te pasas.

—Tal vez, pero nunca olvides mi capacidad premonitoria.

—No la olvido. De hecho deberías aplicártela a ti misma y pasar definitivamente de Cargill. No puedo creerme que pienses una tontería así vaya a arruinar tus vacaciones. De hecho...

—Qué.

—No, nada.

—¡¿Qué?!

—Si no fuese porque sé muy bien que no lo soportas diría que te gusta. Yo de ti aprovecharía que estamos en un entorno retornado y neutral para...

—Sí. Ya. Limar asperezas. No me apetece, gracias.

## HOTEL PARADISO: HISTORIAS 1 - 4

Llegamos al mostrador. Kayla se quedó mirando a Erin, como si tuviese que decirme algo en privado y esperase a que ella se apartara discretamente. Qué poco la conocía.

—¿Recuerdas al chico de esta mañana? —me preguntó.

Aquella *millennial* me llamaba Miss Wall pero luego me tuteaba como si fuese su compañera de pupitre.

—No. Qué chico.

—El del helicóptero.

—El señor Cargill. ¿Qué pasa?

—Me ha preguntado si te podía dejar una nota en recepción. Es decir, una nota para ti.

—¿Una nota?

Kayla asintió.

—Bien, dámela.

—No, no la tengo. Es decir, aún no me la ha dado. Solo mencionó la posibilidad de dejarte una nota, pero no sé exactamente qué quiere decirte.

¿Qué problema tenía Kayla? ¿Le había dado una insolación mientras montaba guardia hasta que llegase el helicóptero? ¿Una nota? ¿De Cargill?

—Disculpa, Kayla, tendrás que explicármelo un poco mejor.

La recepcionista tomó aire.

—Evan Cargill ha mencionado tu nombre mientras lo acompañábamos a sus habitaciones. Ha dicho que te conocía y que estaría interesado, ya que estabas aquí, en saludarte personalmente.

¿El suelo de mármol se había convertido en mantequilla o es que de repente me estaban temblando las rodillas?

—¿Perdón? Él...¿se acuerda de mi nombre?

—Lo sabe a la perfección. Rose Wall, así tal cual salió de su boca. Y también sabía que estabas aquí alojada. Cosa que no ha hecho demasiada gracia a Ellen, que a veces piensa que esto es una clínica de desintoxicación para gente que necesita estar tranquila y...

Viendo mi parálisis, Erin creyó oportuno interrumpir la conversación.

—Es decir, a ver si lo entendemos. Cargill ha preguntado por Rose. Ha mencionado que estaba al tanto de que se alojaba en el hotel y te ha dicho que te dejaría una nota...que no tienes.

—Exacto.

Erin me miró, esperando mi reacción.

—Bueno —empezó a decir Kayla.

—Qué.

—Ahora mismo no sé si dijo que dejaría una nota o que dejaría nota de que ha preguntado por ti —soltó la recepcionista mientras cogía el auricular del teléfono que tenía más cerca—. Hagamos una cosa, me comunico con él y salimos de cualquier duda.

—¡No! —exclamamos Erin y yo a la vez.

Kayla colgó el teléfono, espantada.

—Hagamos una cosa —repetí yo—. Dime dónde se aloja y yo misma pasaré a saludarlo.

Me miró como si hubiese dicho una barbaridad.

—Me parece que no podemos revelar...

—Oh, venga ya, Kayla. Sí que puedes. Él te preguntó por mí, ¿no?

—En cualquier otra circunstancia te pasaría la información sin dudarlo, pero me consta que el señor Cargill es un huésped especial. Bueno, no hay más que ver su espectacular llegada hace un rato.

—¿Y? ¿Quieres decir que debido a su condición de ricachón tiene más derecho que yo a la privacidad?

—Si quiere puedo pasarle una nota con su número de suite.

¿Cargill en mi habitación? ¿En un lugar en el que había una cama gigante, demasiado grande para mí sola? *Muy mala idea, jovencita Kayla.* Y además, ¿por qué de repente me trataba de usted?

Cogí una de las tarjetas de visita del hotel. Le quité el bolígrafo que sostenía entre los dedos y le indiqué:

—Apúntame ahí su número de habitación, querida. Eso es. Gracias.

# CAPÍTULO 4

**EVAN**
Me despedí de Rick Shaw en la terraza privada de mi *suite*, después de tres horas de intensa reunión. A pesar de que había ido bien y sentía que teníamos un buen negocio entre manos; noté el intenso vacío en cuanto se marchó. Me dijo que estaba allí con su esposa y que habían decidido quedarse un par de días más en Bahamas, aunque cambiarían de isla al día siguiente.

—Lisa y yo nos sentiríamos muy honrados si nos acompañas a cenar, Evan —me dijo en la puerta de la *suite*, antes de perderse por el pasillo.

—Gracias, Rick. Tal vez te lo cambiaría por el desayuno de mañana, si seguís por aquí. He de hacer unas llamadas importantes y no tengo la menor idea de cuánto tiempo me ocuparán.

Era una burda excusa, claro.

Siempre he de hacer llamadas importantes, pero no tengo problema en posponerlas si es por un buen motivo.

El tema era que cenar con Rick y Lisa sería una prolongación de nuestra jornada de trabajo; y desde que había llegado al Hotel Paradiso, hacía ya más de veinticuatro horas, no había podido dejar de pensar que Rose Wall se encontraba en algún lugar, dentro de aquellas paredes.

El verdadero motivo por el que me había molestado en subirme al maldito helicóptero.

Y sin embargo me había visto atrapado en aquella interminable reunión con Shaw que al final se había extendido durante toda la mañana y parte de la tarde.

*Triste, Cargill,* pensé.

Me asomé de nuevo a la terraza y observé la bonita playa de White Meadows. Cuando se te presenta todos los días delante de ti de una forma u otra, la belleza empieza a convertirse en la norma. Pero aquel paisaje te robaba el aliento.

Lo bueno de aquella *suite* era que apenas tendría que dar diez pasos si quería darme un baño en aquel mar perfecto. La terraza tenía una escalera de acceso a una pequeña cala privada.

Estaba a punto de darme la vuelta y comprobar si había tenido la suficiente claridad mental para guardar un bañador en mi maleta —no estaba tan seguro de ello—, cuando un fuerte objeto golpeó mi cabeza.

Oí un ruido sordo.

*Ploc.*

Instintivamente me llevé las manos a la frente y entonces pasó.

Mi punto débil.

Un pequeño torrente de sangre que manaba de mi ceja y que se transfirió a mis dedos.

Y entonces el cielo azul brillante se volvió negro y caí como un plomo sobre el suelo de madera de la terraza. Me desmayé. El tiempo se convirtió en un parámetro desconocido. Oía una lejana voz femenina que repetía mi apellido.

*Cargill.*

*Cargill.*

*Despierta.*

Y al entreabrir los ojos pensé que el golpe había sido mortal y que un ángel me daba la bienvenida a la nueva dimensión.

Pero no era un ángel. O al menos no un ángel celestial de los que te recibe al otro lado cuando atraviesas el túnel. De hecho era tal vez un bellísimo demonio. Era Rose Wall, con gesto serio y circunspecto, sosteniendo un *frisbee* de plástico en las manos y la cabeza apoyada en la barandilla del balcón.

**ROSE**
*Oh, no.*

# HOTEL PARADISO: HISTORIAS 1 - 4

*Oh.*
*No.*
*Nos hemos cargado a Cargill.*

Mentiría si dijese que parte de mí no estaba a punto de partirse la risa y el regocijo, a punto de aplaudir la excelente puntería, pero cuando vi cómo se desplomaba a cámara lenta en su terraza quise correr en sentido contrario y enterrarme en la arena.

No podía creer que se hubiese desmayado. Había visto cómo el *frisbee* que llevaba veinte minutos lanzándome con Kayla durante su hora del almuerzo se perdía entre dos palmeras y aterrizaba en la cabeza de alguien. Una pesadilla.

Cuando corrí en la arena para recuperar el disco y disculparme con el afectado por nuestro inocente ímpetu casi me desmayo yo también al comprobar de quién se trataba. Para ser exactas, el disco letal había sido lanzado por Kayla, pero al ver su cara de terror me adjudiqué el ataque. Tampoco era plan de que fuese reprendida por derribar al huésped más exclusivo del hotel, o de que perdiese su trabajo por un pequeño divertimento.

Al ver que se había abierto una pequeña brecha sobre su ceja, Kayla desapareció en busca del enfermero de guardia del hotel.

—Quédate tú con él —me dijo, asustada—. A ver si logras que se despierte.

Se marchó corriendo antes de que tuviese tiempo de protestar. Observé a Evan a través de la balaustrada, y después decidí que era mejor saltar la barrera que nos separaba y acceder a su terraza *deluxe* para intentar reanimarlo.

Me arrodillé a su lado y le di unos golpecitos en el rostro. ¿Cómo era posible que se hubiese desmayado? Le había caído encima un trozo de plástico, no una roca, por el amor de dios. Kayla no tenía tanta fuerza.

Miré a mi alrededor, buscando algo con lo que detener aquella pequeña hemorragia sobre su ceja.

—Espera aquí un momento —le susurré, a pesar de que seguía inmóvil e inconsciente.

Sí, claro, como si fuera a moverse.

Abrí la puerta corredera del balcón y entré en la *suite*. Fui al baño a buscar alguna de las toallas auxiliares; pero no pude evitar echar un vistazo al orden extremo dentro de aquella estancia. Era una habitación palaciega, bastante más espectacular que la mía y de Erin.

Había una enorme mesa de cristal con un ordenador portátil y un montón de papeles. Dios mío, era cierto que aquel hombre trabajaba a todas horas. ¿En serio no era capaz de tomarse unas vacaciones? Si él trabajaba constantemente, incluso en lugares como el Hotel Paradiso, cómo iba yo, alguien que regularmente se toma días libres por "salud mental" competir con él en el ámbito de las finanzas de Manhattan?

Cogí la primera toalla limpia que encontré y me apresuré de nuevo a regresar junto al accidentado. Me arrodillé a su lado y presioné la herida con la toalla. En ese momento sus ojos se entreabrieron.

—Rose —murmuró.

Era cierto. Aquel hombre sabía muy bien quién era. Era capaz, incluso en aquellas circunstancias, de relacionar mi nombre y mi cara.

El día anterior había decidido no ir a su habitación, no llamar a su puerta a pesar de que Kayla accedió a decirme dónde estaba. No tenía mucho sentido, y Erin me dio la razón. Era él quien había preguntado por mí y por alguna razón, algo a última hora le había hecho cambiar de idea.

No sabía qué pensar acerca de aquel encuentro, tan lejos de nuestro territorio, de nuestro campo de batalla habitual. ¿Era todo una gran casualidad? Si era así, ¿cómo había logrado el universo reunirnos de una manera tan intensa y catastrófica?

Aparté la toalla para ver la herida.

—¡No! No me enseñes la sangre porque si no...

Y así, con la visión de una simple mancha roja proveniente de su propia herida, Evan Cargill se desmayó de nuevo.

Vi a lo lejos cómo Kayla regresaba corriendo por la playa, acompañada del enfermero.
*Treinta segundos más a solas con él.*
Observé su rostro perfecto e inconsciente, totalmente al margen de su habitual arrogancia y seguridad.
*Treinta segundos.*
Podía besarlo y nadie lo sabría jamás. Ni él mismo. Podría saber lo que se sentía si...
No lo pensé dos veces.
Tal vez se me fue completamente la cabeza.
Puede.
Me incliné sobre él y presioné mis labios sobre los suyos.
Algo explotó dentro de mí.
Cargill no se inmutó.

## CAPÍTULO 5

R**OSE**
Evan Cargill y yo nos quedamos solos en su habitación. Tenía una bolsa de hielo en la cabeza y me observaba mientras buscaba las palabras apropiadas. Jamás habría esperado verme en esa situación, sentada en el sofá de su *suite,* en bañador y falda corta, acusando cierta desnudez; avergonzada por lo sucedido e incómoda ante la incomodidad de él.

Y sin embargo Evan había insistido en que me quedase porque "deberíamos hablar".

—Tengo fobia a la sangre —murmuró—. No es la primera vez que me desmayo. Y no será la última.

El enfermero de guardia del hotel le había aplicado dos puntos de sutura en la herida, que al final no revestía la gravedad que sugería el desmayo de Evan.

Evan.

De repente era como si la sangre —y su absurdo desvanecimiento— lo hubiese humanizado. Empezaba a contemplar la posibilidad de llamarlo por su nombre de pila en lugar de su apellido. Había ido demasiado lejos besándolo cuando estaba inconsciente, pero estaba convencida de que él no se había dado cuenta. A esas alturas ya habría dicho algo al respecto, y yo siempre podía argumentar que estaba tratando de reanimarlo.

El boca a boca.

¿Creíble? No mucho, pero era la única excusa de la que podría echar mano.

En cualquier caso estaba allí, vestida con un bañador azul marino y una falda corta de flores amarillas que en realidad representaba mi única alternativa diurna al caftán. Con muy buen juicio lo había dejado aparcado en el armario esa mañana, pensando que necesitaba un atuendo algo más deportivo para ejercitarme un poco junto a la orilla.

Evan estaba al lado de la nevera, sosteniendo el hielo y mirándome con el ojo que le quedaba libre. Solo llevaba puesto un bañador. ¿Cómo podía mantener esa marcada musculatura si siempre estaba trabajando?

—Siento que tuvimos un desencuentro aquel día en el restaurante —dijo.

—Desencuentro es una manera suave de llamarlo. Más bien irrumpí allí como una energúmena para decirte de todo menos bonito. Aunque, sinceramente, te lo merecías.

Evan se rio. Dejó el hielo sobre la mesa de la cocina y se acercó un poco, pero no se sentó. Eso me incomodaba un poco. Era como si en la conversación no estuviésemos al mismo nivel.

Así que me puse en pie. Y en ese momento, él se dejó caer en uno de los grandes —y a todas luces carísimos— sillones de piel. ¡Que nadie me diga que no es odioso! Y sin embargo, odiaba ese pensamiento cruzado que intentaba apartarme de mi discurso oficial; el de la profesional ultrajada y traicionada que pone en su sitio a uno de sus grandes rivales.

La que no se deja pisotear.

¿Y cuál era el pensamiento?

Lo que en realidad me apetecía hacer.

Sentarme sobre sus caderas, una pierna a cada lado, y volver a besarlo. Pasar los dedos por el pelo humedecido por el hielo. Esperar a ver qué hacía con sus manos, y conmigo encima de él.

—Ayer iba a ir a buscarte —me dijo—. Sabía que estabas aquí, pasando unas...vacaciones improvisadas. Pero al final pensé que no era una buena opción. Que no era apropiado molestarte.

—Esa es otra. ¿Cómo demonios te has enterado de que estaba aquí, Cargill?

Sonrió satisfecho. No por su perfecta red de contactos y chivatos, sino porque era consciente de que estaba sacándome de mis casillas de nuevo. Y eso que yo había acudido allí en son de paz, a socorrerlo, y en cuanto se desprendió del hielo —que debió congelarle parte del cerebro— volvió a su habitual condescendencia.

—Porque me encantas, Rose. Quiero saberlo todo de ti.

Tenía la boca entreabierta, dispuesta a atacarle de nuevo, y aquellas nueve palabras me la cerraron al instante. Intenté dilucidar si estaba bromeando, si había algún rastro de ironía o de cinismo en su tono de voz. Pero no lo conocía tanto. Solo sabía de su talento con las finanzas y del efecto que provocaba en mí, una mezcla irracional de ira y deseo.

Me quedé muda.

Di un paso hacia él. Seguíamos sin estar al mismo nivel.

Entonces Evan se levantó, salvó nuestra distancia y me agarró por la cintura. Me atrajo hacia su torso desnudo y me besó.

—Arriesgado —murmuré.

O no tanto, porque cada centímetro de mi cuerpo reclamaba su tacto. Y él probablemente se había dado cuenta en cuanto nos quedamos solos. Por si acaso, me lo dejó más claro.

—¿Arriesgado, Rose? Yo nunca tomo riesgos innecesarios.

Me sobraban las palabras. Me sobraba nuestro incesante enfrentamiento. Necesitaba desesperadamente una tregua y tal vez solo la podíamos obtener de forma silenciosa, mientras nos entregábamos el uno al otro. Paseé las manos por su pecho liso, duro como un yunque.

—Antes me has besado —me dijo, mientras apartaba el pelo de mi cara con sus dedos—. Cuando estaba inconsciente en la terraza. O tal vez no tan inconsciente. ¿Crees que no me he dado cuenta?

—Estaba comprobando si respirabas, Cargill.

¿Cuánto se atrevería?

—Prefiero que lo hagas ahora, o siempre que esté cien por cien consciente. Lo de besarme, quiero decir.

# HOTEL PARADISO: HISTORIAS 1 - 4

Desde que lo vi bajar de ese helicóptero me asaltaba un pensamiento recurrente. Quería que Evan me poseyera sin demasiados miramientos, quería darle acceso total a mi cuerpo y a mi intimidad. Y quería que me agarrase del pelo con fuerza y me hiciese suya. Que me reclamase para sí mismo.

Su boca estaba sobre la mía otra vez. Esa vez el beso era algo más suave, se recreaba en cada segundo, profundizado con calma. Mi cuerpo respondió presionándose de nuevo contra el suyo. Noté su dureza a través del bañador. No pude evitar llevar la mano hasta su polla y palparla a través de la tela. *Así que él también está respondiendo*, pensé. ¿Era solo una simple reacción física? ¿O lo deseaba tanto como yo?

Olía bien, una mezcla sutil de *aftershave* y protector solar. Inhalé su cuello mientras sus manos buscaban los límites de mi traje de baño. Respirar cerca de su hombro me asfixiaba y me resucitaba al mismo tiempo.

Sus manos sabían muy bien lo que hacían. Empezó a acariciarme entre las piernas, sobre la tela resbaladiza del bañador. Nadie me había tocado así jamás. Noté cómo descendía un torrente acuoso en mi interior. La temperatura aumentaba en mi cuello y en la nuca.

—Qué calor— susurré.

Evan estiró la mano, cogió el mando del aire acondicionado y lo puso en marcha.

—¿Mejor?

Después pasó el mismo mando entre mis piernas.

Me agarró de la cintura y me dio la vuelta, y mientras yo seguía palpando su creciente excitación, introdujo sus dedos debajo de la tela. Gemí, dejándome llevar. Aquello era demasiado para mí.

—¿Te gusta? ¿Era esto lo que querías, Rose?

—Sí.

—¿Desde cuándo? ¿Desde cuándo lo deseabas?

Desde el día en que lo vi en aquel restaurante. Tal vez mucho antes, no lo sé. ¿Estaba dispuesta a confesárselo?

—Desde que te he visto —susurré.
—Desde que me has visto cuándo, Rose.

Disfrutaba torturándome.

Y lo peor era que yo también.

Evan interpretó entonces mi silencio. Recogió mi melena dentro de su puño y me arrastró suavemente hacia el sofá de piel blanca. Hizo que me inclinase sobre el respaldo y se colocó detrás de mí.

*Dios mío*, pensé. *Ni siquiera se va a molestar en llevarme a la cama.*

# CAPÍTULO 6

E**VAN**
Me moría de ganas y de anticipación. Estaba deseoso de tenerla bajo mi cuerpo, inmóvil. Por una vez, sumisa y callada, a mi merced; porque era imposible que Rose Wall se presentase así en cualquier otra circunstancia. Era demasiado orgullosa y valiosa como para dejarse intimidar por alguien como yo.

Y sin embargo estaba disfrutando de cada segundo de su deliciosa entrega. La coloqué detrás del sofá e hice que se inclinase hacia delante, sobre el respaldo. Mi escandalosa erección empezaba a inquietarme, a quemarme. Palpitaba, como mi herida recién suturada.

Me arrodillé tras ella y busqué la humedad de su bañador con mi lengua. Lamí la prenda de *lycra*, buscando el lugar exacto que la hizo gemir de nuevo, un pequeño montículo que se reveló a través de la tela, un punto que se oscureció enseguida, por su humedad y por la mía.

Me recreé en esa delicia. Presionar ahí, con mi lengua y después con la yema de mis dedos hizo que Rose se revolviera. Me estaba perdiendo su rostro, pero tenerla allí inclinada, con su coño a dos centímetros de mi cara, reclamando toda la atención que pudiese darle, era algo demasiado irresistible.

Cuando sus movimientos empezaron a incrementar su ritmo entendí que tendría que sujetarla.

—Quieta, Rose.

Agarré sus caderas.

Se calmó. Un poco. Sabía que sería momentáneo, solo hasta que notase lo que tenía para ella.

Mi propia erección empezaba a ser molesta, necesitaba ya entrar en ella; pero valía la pena si eso hacía que el deseo de Rose fuese en aumento. La idea de hacerla esperar, de hacerla suplicarme me encendía aún más. Hacía mucho tiempo que no estaba tan excitado.

Aparté por fin la tela de su bañador y lo coloqué a un lado, siguiendo el cauce de su ingle. Iba a dejarle una marca, pero no quería quitárselo. No todavía.

—Te he esperado tanto tiempo, Rose. He esperado que vinieras a mí y que inclinases así tu espalda para dejar que te lamiese y que te diera lo que mereces.

Hundí de nuevo la lengua en su carne y saboreé los deliciosos jugos que resbalaban por la cara interna de sus muslos. Su cuerpo no mentía, me acogía deseosa con cada pequeño movimiento.

Paseé la punta de mi lengua por su entrada arriba y abajo. Rose gimió más fuerte y se agitó de nuevo. Coloqué las manos sobre sus caderas para inmovilizarla y me hundí en ella, me perdí en sus pliegues, bebiendo de aquel exquisito manantial.

—¡Por favor!¡Oh, dios! —gritó entonces.

Noté que estaba llegando al clímax.

Me aparté un segundo.

—Madre mía, Rose Wall. Si no hemos hecho más que empezar. ¿Ya vas a correrte?

—¡Sí! —gritó.

Sonreí satisfecho. Aquella mujer se deshacía con mis manos y mi lengua. Y no iba a esperar mucho más para darle lo que más ansiaba. Necesitaba ya sentir su carne apretando mi polla, entrar en su cuerpo y hacerla mía de una vez por todas.

Dejé la mano derecha entre sus piernas y la masajeé rítmicamente. Me puse de pie tras ella y la obligué a incorporarse. Besé su cuello mientras gemía, mientras se deshacía entre mis brazos.

—Eso es —le dije.

Me encantaba guiarla, darle órdenes. Darle permiso. Mostrarle el camino en línea recta hasta el máximo placer.

*Como si te lo hubiera pedido, Cargill.*

## HOTEL PARADISO: HISTORIAS 1 - 4

Hacía ya demasiado tiempo que estaba obsesionado con aquella mujer, con el aura magnética que desprendía. Con la rivalidad que se había erigido entre nosotros. Podíamos ser un equipo si nos lo proponíamos, podíamos sincronizar nuestros movimientos a la perfección. La prueba viviente estaba ante mis ojos.

Me liberé por fin de mi bañador, que cayó al suelo en un suspiro. Mientras ella se agitaba entre mis brazos tratando de controlar su potente orgasmo deslicé los tirantes del suyo y me deshice también de él. Lo lancé contra una de las caras láminas serializadas de Basquiat que colgaban en la pared principal de la *suite*.

Coloqué de nuevo la mano entre las piernas de Rose y le indiqué que las separase. Mi polla se colocó en aquel hueco. No le iba a dar ni un segundo de descanso. Aquella mujer estaba hirviendo de deseo y yo iba a satisfacerla. Tal vez, igual que yo, Rose había fantaseado desde hacía tiempo con aquel encuentro, o tal vez era la brisa caribeña la que había hecho que se desinhibiera sin importarle lo que yo pensara.

Y eso era perfecto.

Me recreé unos instantes en sus ojos cerrados, en su boca suplicante y en la forma en que sus dedos me buscaban, me atraían para que no estuviese demasiado tiempo lejos de ella.

Rose se inclinó de nuevo, ofreciéndome su cuerpo.

El refugio perfecto.

Mis vacaciones perfectas.

Iba a quedarme allí con ella, en ese paraíso, todo el tiempo que quisiera. ¿Me permitiría dormir con ella, abrazarla por las noches; o me estaba utilizando para su propia satisfacción? En cualquier otra circunstancia, con cualquier otra mujer, lo segundo no me habría importado en absoluto.

Y sin embargo reconocí que tratándose de Rose Wall aquello me destrozaría.

Agarré mi pene por la base y lo coloqué en su entrada. Observé su reacción. Rose inclinó el cuerpo hacia atrás, buscándome. Así lo quería, en toda su crudeza. Lo estaba deseando. Agarré sus pechos con mis manos y empecé a penetrarla. Dejó escapar un grito revelador, me sonaba a alivio y a dolor, y a pérdida absoluta de control.

Pensé en llevarla de inmediato a mi gigantesca cama, pero no. No podía aguantar mucho más. Ya habría tiempo para envolverla en mis sábanas. Me recreé en la increíble sensación de poseerla, de embestirla y arrancarle un suspiro detrás de otro.

Todo el tiempo que ella quisiera.

Segundos, minutos, horas.

Había encontrado mi lugar en el mundo y no era la playa de White Meadows. Era Rose Wall. Aquella mujer era mi hogar desde ese mismo instante. Lo supe en el momento en que se incorporó de nuevo, nos fundimos en un abrazo desesperado y perseguí nuestros orgasmos con desesperación.

Rose enterró sus dedos en mi pelo y dejó escapar un grito que anticipaba el éxtasis.

—Evan. ¡Evan!

Se agitó de nuevo entre mis brazos, esta vez con espasmos más fuertes e intensos.

Era la primera vez que no me llamaba por mi apellido. Algo había cambiado entre nosotros para siempre. Rose y yo habíamos traspasado el punto de no retorno; y mientras yo alcanzaba mi propia cima y caía desplomado sobre sus pechos y su cuello; y ella me acogía, fui consciente del terror que me producía que aquello fuera un oasis.

Un espejismo.

La abracé en silencio hasta que nuestro ritmo cardiaco se ralentizó, mortificándome porque no era capaz de decirle que no, que "encantar" no era la palabra exacta.

*No me encantas, Rose.*

La realidad era que me había enamorado de ella en el momento en que se había plantado delante de mí en aquel restaurante y me había dejado bien claro cuánto me odiaba.

# CAPÍTULO 7

**ROSE**
Erin levantó el enorme sombrero de paja con el que se protegía del sol caribeño. Era el día seis de nuestra particular luna de miel. Y yo estaba tumbada en la hamaca a su derecha, en el club de playa del Hotel Paradiso. Habían pasado unos días desde mi primer encuentro con Evan en su *suite*. Y la cosa, como sospechaba, había ido a más.

—Las vacaciones por ahora bien, ¿no? —dijo Erin.

—¿Tú me lo preguntas? Apenas te he visto el pelo, querida. A ti las vacaciones no te van nada mal.

—Y a ti tampoco. De todas formas, desayunamos y cenamos juntas la mayoría de días.

—Tú has encontrado aquí a tu alma gemela —le dije—. El universo ha corregido su error catastrófico y ha puesto a Luke Davies en tu camino. Yo en cambio, me temo que he metido la pata hasta el fondo.

—El único error que veo es que estamos ocupando una habitación en la que ninguna de las dos dormimos —contestó Erin—. Eso sí que es un triunfo. Pero, aún no me has contado gran cosa. ¿Qué tal con Cargill?

—Bien —murmuré.

Me recosté de nuevo en la hamaca, ocultándome bajo las gafas de sol. Erin no se iba a dar por vencida tan fácilmente:

—Rose, escucha, sé que es un tema del que no te gusta mucho hablar y que eres alguien muy privado, pero has de contarme qué está pasando.

Erin estiró el brazo y levantó mis gafas de sol.

—Rose.

Era obvio que iba a encontrarse con mis lágrimas, acumulándose en la base de mis ojos, pugnando por salir.

—¡Dios mío, Rose! ¿Vas a contarme qué ha pasado?

Se incorporó rápidamente y se sentó en la hamaca, encarando mi tristeza.

¿Por dónde empezar?

Erin me cogió las manos, obligándome a imitar su postura.

—He pasado las dos últimas noches con Evan, en su *suite*, después de cenar —dije—. Todo ha sido perfecto, muy intenso. Me dije a mí misma que tenía que dejar aparcadas nuestras diferencias laborales. Que aquí estábamos en otro mundo. Decidimos disfrutar de estos días juntos, a pesar de que él no sabía exactamente cuánto tiempo puede quedarse en Bahamas. Y esta mañana metí la pata hasta el fondo, Erin. Y me di cuenta que jamás será posible. Que lo que siento por él no puede tener posibilidades reales ahí fuera.

Señalé hacia el horizonte. Me refería a Nueva York, por supuesto. Nuestra casa. Nuestro mundo real.

Vi el colapso en el rostro de mi amiga. Ya está. ya lo había dicho. Había reconocido lo evidente.

*Lo que siento por él.*

¿De verdad pensaba que iba a poder reducir mis sentimientos a unos días de vacaciones? ¿Que iba a subirme al barco que me sacaría de aquella isla y dejar mi historia con Evan Cargill en esta playa, como si nada hubiese pasado?

No iba a ser posible.

—Rose.

Me ajusté de nuevo las gafas de sol y proseguí mi relato:

—Me desperté feliz entre sus brazos esta mañana. Si nuestra cama doble es gigante, la suya es colosal. Del tamaño de una habitación. Acababa de amanecer, era muy temprano. Tal vez las siete. Me escurrí entre las sábanas y fui al baño. Después deambulé un poco por el salón. Supongo que inconscientemente sabía que Evan tenía habilitada allí su zona de trabajo. Aunque en los últimos días ha bajado el ritmo. Apenas revisa su correo un rato por la mañana. El resto del día lo pasamos juntos, bañándonos en el mar o practicando buceo.

Erin asintió. Me escuchaba atentamente.

Proseguí:

—Su ordenador portátil no estaba cerrado del todo. Así que me acerqué a él, abrí la pantalla y deslicé el dedo por encima del ratón. Al instante saltó su bandeja de correo electrónico. Y reconocí al instante el nombre del remitente del último e-mail que había entrado. Blake Montfort.

Ahogué un sollozo.

No podía entender cómo había permitido que aquello me afectase tanto.

—¿Quién es Blake Montfort? —preguntó Erin.

—Uno de mis mejores clientes.

—Oh, no, Rose. No me dirás que...

Asentí.

—Abrí el e-mail. Le pedía presupuesto a Evan para un nuevo proyecto.

—¿Leíste su correo? Dios mío, Rose...

—Sí, lo sé. No estoy orgullosa de eso. Hice una búsqueda rápida en su bandeja de entrada. Era la primera vez que Blake le contactaba. Eso me hizo sentir horriblemente insegura. Me hizo pensar que Blake no está satisfecho con mi trabajo y de repente pensé que no podría soportar perder otro cliente importante y que se marchara con Evan. Con el hombre con el que estoy durmiendo, Erin. Creo que estoy metida en un buen lío. Y eso no es lo peor de todo...

—¿Aún hay más?

—Borré el e-mail de Montfort de su bandeja de entrada. Es decir, Evan nunca lo verá.

Erin ahogó un grito y acto seguido se llevó las manos a la boca.

—Lo sé. Lo sé todo, créeme —dije—. Pero fue algo totalmente irracional e impulsivo.

—¿Y él no te vio husmeando en su ordenador?

—Evan estaba dormido.

—¿Y entonces qué hiciste?

—Pues... estaba hecha un lío. Lo que hice estuvo mal, pero tampoco podía recuperar el e-mail.

—Vamos, Rose. Debe estar todavía en la papelera. Hay maneras de restaurar ese correo.

Negué con la cabeza.

—Fue una mezquindad en dos actos. Lo borré también de la papelera. Así que no, ahora no tengo forma de recuperarlo.

—¿Y qué vas a hacer?

Erin no me había soltado aún la mano. Yo había estado a su lado en sus horas más bajas y en ese momento —mi drama no podía compararse con pillar a tu prometido siéndote infiel el día antes de tu boda, por supuesto—, sentía que ella estaba conmigo y lo más increíble de todo: no me estaba juzgando. Había hecho algo que estaba mal, que era reprobable y mi amiga se limitaba a escuchar cómo me desahogaba.

Y con respecto a qué hacer, tenía varias ideas, pero ninguna de ellas iba a afianzar lo que había empezado a construir con Evan.

Me había dejado llevar.

Me había entregado a él sin pensar en ninguna consecuencia y me había olvidado de nuestra vieja rivalidad.

—No sé. No sé que voy a hacer —le contesté a Erin.

Aunque para ser sinceros, tenía una ligera idea.

—Solo se me ocurren dos cosas, Rose. Habla con él. Dile lo que ha pasado. Creo que le gustas de verdad y entenderá que ha sido un error. Que te has equivocado.

—¿Y la otra?

—La otra es todo lo contrario. Olvídate de ese e-mail. Olvida lo que ha sucedido. Como si hubiese sido algo que has hecho completamente sonámbula, bórralo de tu mente. Además, si realmente es importante, si está interesado en contratar sus servicios como asesor financiero, Montfort lo contactará de nuevo. O lo localizará a través de su secretaria. Los e-mails a veces se pierden por el camino...

Realmente no. Los e-mails nunca se perdían. De vez en cuando se traspapelaban, se eliminaban sin querer, pero, ¿perderse?

—Creo que ya sé lo que haré —le dije a Erin.

Me miró. Supongo que intuyó que estaba en modo autodestructivo.

—Me vuelvo a Nueva York, Erin.

—¿Cómo?

—No debo seguir con esto. No va a ir a ningún sitio y si continúo aquí con él luego será todo más difícil...cuando regresemos a la realidad.

—Apenas faltan unos días para el final de nuestras vacaciones. No puedes irte y dejarme aquí.

—Te dejo aquí con Luke. Con la mejor compañía posible. Necesitáis pasar tiempo a solas y conoceros. Y yo necesito apartarme de él. Ha sido una mala idea dejarme arrastrar por lo que sentía en lugar de actuar de una forma más fría y racional. Y eso justamente es lo que siempre me ha funcionado.

—¿No hay manera de convencerte?

Negué con la cabeza.

—Creo que la decisión está tomada.

Al final de esa mañana hice la maleta y me desplacé hasta el embarcadero, donde uno de los catamaranes me llevaría hasta Nassau en unas horas. Evan se había ofrecido a quedarse en la isla hasta el final de nuestra estancia y llevarme en su helicóptero, pero obviamente eso ya no era una opción. Me había dicho que esa mañana tenía dos reuniones y que se quedaría en su *suite* trabajando mientras yo tomaba el sol. Y lo vi como un "ahora o nunca". El momento perfecto para escabullirme. Para evitar un dolor futuro, a pesar del dolor presente.

Erin y Luke Davies, el flamante nuevo director del Hotel Paradiso, vinieron a despedirme al muelle de embarque. Y así me alejé de lo que creía que era imposible para empezar a curarme y a olvidar.

Antes de dejar White Meadows pasé por la recepción del hotel y le di un sobre a Kayla. Era una nota para Evan. Me prometió que se la daría personalmente y solo entonces respiré algo más tranquila.

Luego, en el barco, las lágrimas me asaltaron de nuevo mientras me alejaba de él.

## CAPÍTULO 8

Evan Kayla, la recepcionista, me extendió un sobre sobre el mostrador.

—Al final ha sido Rose quien te dejó la nota —me dijo sonriente, totalmente ajena a mi preocupación.

No sabía exactamente a qué se refería. Pero lo importante era que se trataba de un mensaje de Rose.

Hacía un rato que la buscaba por el hotel. No estaba en la playa, ni en su habitación, ni en ninguno de los salones. Finalmente me acerqué a la recepción. Recordé que cuando estrelló aquel ridículo disco de plástico contra mi frente estaba jugando en la playa con la recepcionista quien, al parecer, tenía un rato libre.

—Gracias, Kayla, pero...¿no te ha dicho dónde está?

Me miró, extrañada.

—Hace un rato que la busco por el hotel —aclaré.

—Oh. Me temo que Miss Wall se ha marchado.

—¿Que se ha marchado? ¿Dónde?

Dudó unos segundos antes de contestarme.

—Creo que a casa.

—¿Cómo que a casa?

—No le he preguntado detalles, señor Cargill. De hecho, ella no necesitaba hacer el *check out* de su habitación, pues la comparte con la señorita Erin y ella sigue aquí...

—Sí, eso lo sé. Pero no puede haberse ido sin despedirse. ¿Cuándo te ha dejado esta nota?

Se encogió de hombros.

—Hará unos cuarenta minutos. Llevaba consigo dos maletas. Y el catamarán ya ha zarpado. Así que seguro que se ha marchado.

Abrí el sobre.

Leí las palabras que me había dejado con una caligrafía apresurada. Casi furtiva.

*Evan, he de regresar hoy mismo a Nueva York. Gracias por estos días. Los recordaré siempre. Por favor, contacta con Blake Montfort. Está interesado en tus servicios. Creo que tiene una propuesta para ti. Cuídate. Siento marcharme sin despedirme.*

*Rose.*

Aquella nota fue devastadora. Fue una espada que me atravesó. Y no eran las palabras, eran esos puntos. Ese punto final junto a su nombre.

El punto final de lo nuestro.

Solo que yo no era de los que se rendían fácilmente. Y mucho menos tratándose de Rose Wall. No iba a permitir que se escurriera de mis brazos de aquella manera. No sin que me mirase a los ojos y me dijese con ellos que ella no sentía lo mismo por mí.

Me guardé la nota en el bolsillo.

—Creo que mis vacaciones han terminado —murmuré.

La recepcionista pestañeó. Supongo que no tenía claro que hubiesen empezado alguna vez.

—Dime una cosa, Kayla. ¿Cuánto se tarda en ese barco vuestro hasta el puerto de Nassau?

—Unas dos horas.

—Es decir, ha zarpado pero aún no ha llegado.

—No. Les debe de quedar más de una hora de trayecto.

—¿Mi helicóptero está listo?

—Si lo que me pregunta es si sigue ahí, sí, señor Cargill. No se ha movido del sitio que...

—Perfecto. ¿Puedo pedirte que localices a mi piloto? Debe estar por aquí, en algún sitio. Lo he visto rondando por la piscina, si no me equivoco. Él está al tanto de que ha de estar siempre preparado por si lo necesito. Partimos en veinte minutos. No creo que tardemos más de un cuarto de hora sobrevolando el mar hasta el helipuerto de Nassau.

—Pero no entiendo, ¿se marcha? ¿Ya? ¿Quiere hacer el *check out* de su *suite* en este mismo instante? Porque imagino que hemos de ayudarle a preparar el equipaje y...

—No, Kayla. Solo voy a recoger a Rose a su llegada. Volveremos en un rato. Y si ella no vuelve conmigo... ya nos ocuparemos del *check out*. ¿Seguirás aquí dentro de un par de horas? Puedo llamarte y te cuento mis planes.

—Por supuesto —dijo.

—Muchas gracias, Kayla.

Mientras regresaba a mis habitaciones para coger lo absolutamente imprescindible envié una nota de voz a mi secretaria, Barbara, para pedirle que contactara lo antes posible con Blake Montfort y averiguase qué quería.

Sabía muy bien que era uno de los mejores clientes de Rose. Barbara me contactó enseguida. Me dijo que averiguaría todo lo posible y me devolvería la llamada. *Es urgente,* le dije.

Cuando Barbara me llamó para decirme que Montfort estaba interesado en mis servicios para un proyecto específico en Dubái, yo ya estaba a bordo del helicóptero. Tomé nota mental de lo que me dijo mi asistente, pero yo tenía perfectamente claras mis prioridades de aquel día.

## ROSE

Huir, algo que siempre se me había dado bastante bien, no estaba resultando tan terapéutico como esperaba. Al contrario, no había bajado de aquel barco y ya estaba pensando en quedarme anclada al asiento, esperar que se diese la vuelta, y regresar al muelle de White Meadows. Seguro que no era la primera persona que lo hacía.

La culpa y el malestar no me habían abandonado. Tal vez tampoco lo harían cuando llegase a Nueva York. Me esperaba un tortuoso camino en taxi al aeropuerto y después el vuelo de la vergüenza.

Pero estaba decidida a volver al trabajo, llamar a Blake Montfort y pedirle que nos reuniésemos. Despedirme de él en persona.

Mientras abandonábamos el catamarán de forma escalonada, una ventolera agitó mi melena y casi me hizo perder mis gafas de sol, tras la que se ocultaban unos ojos llorosos.

Entonces oí un ruido demasiado familiar.

Unas hélices descendiendo del cielo.

*No me lo puedo creer.*

Temblé en cuanto lo vi. El helicóptero de Evan. Descendió en una superficie cercana al muelle, un lugar habilitado para ello. No necesitaba mis malditos prismáticos —que, me temía, había dejado olvidados en la habitación con Erin— para distinguir enseguida la silueta de Cargill en cuanto se abrieron las puertas del aparato.

Yo descendía por la pasarela del barco, la última pasajera en bajar, mientras él daba un salto a tierra firme y ya corría hasta el mismo borde del muelle.

—¡Rose! —exclamó.

Salvó la distancia en apenas un minuto y se quedó junto a la pasarela. A la derecha. A la izquierda estaba el personal de tierra de la compañía de catamaranes que efectuaba el trayecto. Y fue Evan quien extendió su mano para darme la bienvenida a Nassau.

Me dio la mano para, un segundo después, agarrarla con fuerza y atraerme hasta sus brazos.

—Mía —dijo.

Me abrazó.

—¿Vas a explicarme por qué te has ido sin despedirte? —me preguntó—. ¿Crees que no iba a ir a buscarte de inmediato?

Busqué el enfado en sus ojos y no lo encontré. Ni el más mínimo rastro. Estaba feliz por estar con él de nuevo, por ser la receptora de un milagro. Dios, ¿me había equivocado por partida doble? *Sí, Rose. Por haber borrado ese estúpido e-mail y por haberte marchado sin decir adiós.*
Una lágrima resbaló por mi mejilla.
—Rose —rodeó mi cara con sus manos.
—Lo siento tanto—dije—. Borré un e-mail de Blake Montfort de tu ordenador. Fue una estupidez y me arrepiento, Evan. Y entenderé perfectamente que no vuelvas a hablarme nunca y que...
Me interrumpió con un beso, y justo después deslizó la punta de su lengua por el camino que había recorrido aquella lágrima fugaz.
—Mi secretaria ya ha hablado con Montfort. Voy a aceptar su propuesta...
¿Era posible que no estuviese enfadado? ¿Que estuviese dispuesto a perdonar mi juego sucio?
—Evan, yo...
—La aceptaré, solo con la condición de que trabajemos los dos en su proyecto. Quiero que formemos un equipo, Rose Wall. Y quiero que vengas conmigo a Nueva York...
—...En ese estúpido helicóptero —dijimos los dos a la vez.
Nos reímos y me abrazó.
La fuerza de sus brazos ejercía en mí un poderoso efecto calmante.
—¿Me disculpas por lo del correo?
—Ya está olvidado, cariño. Además, reaccionaste enseguida y me dejaste un aviso. Fuiste impulsiva, pero honesta. Esa es una cualidad extraordinaria en nuestro mundo. Puede que yo no hubiese actuado así. Y lo sabes. ¿Quieres que volvamos a White Meadows, o nos ponemos manos a la obra con el proyecto de Montfort?
Sonreí.
—Suficientes vacaciones —dijimos los dos.

Pero primero, antes de regresar al trabajo, un memorable beso. Uno de los que no se olvidan. El último en las Bahamas, por el momento. El siguiente sería en nuestro reino de Manhattan.

Nah, ¿quién iba a creerme? El siguiente sería a bordo del dichoso helicóptero.

# EPÍLOGO

*Tres años después*
ROSE

¡En serio! ¿alguien pensaba que escogeríamos otro lugar para nuestra luna de miel? Mientras el helicóptero descendía sobre los terrenos selváticos del Hotel Paradiso mi marido —dios mío, qué raro se me hacía— permanecía a mi lado, intentando cortar una llamada mientras no me soltaba la mano.

—Promételo, Barbara. Si hay algo absolutamente urgente me llamarás. O llamarás a Rose.

Le hice un gesto ya para que cortara.

Evan colgó el teléfono y lo lanzó por detrás de nuestros asientos, a la zona donde estaba el equipaje.

—Fuera teléfono.

Nos asomamos a la ventana. Ya veía unos brazos que se agitaban, los de mi querida Erin y, junto a ella, los de Luke Davies. Él llevaba en brazos a la pequeña Rebecca, que había cumplido seis meses hacía tan solo una semana.

En cuanto el helicóptero se posó sobre la superficie y se abrieron las puertas salí corriendo de aquel bicho volador para abrazar a mi mejor amiga. Erin se había instalado con Luke en las Bahamas; y yo me acababa de casar con Evan. ¿Quién nos lo iba a decir hace dos años, cuando llegamos allí para pasar las vacaciones?

Erin me abrazó.

—Nos vemos dos veces en la misma semana, ¡quién nos lo iba a decir! —exclamé.

Por supuesto que mi amiga no se había perdido nuestra boda en Manhattan. Y además me había dado la mejor de las noticias: los Davies abrirían un nuevo hotel muy cerca de Times Square y eso solo significaba que nos veríamos mucho más a menudo.

Luke saludó a Evan. La pequeña Rebecca se echó en los brazos de mi marido en cuanto se acercó.

—Os la regalamos —dijo Davies—. Lo que haga falta para poder dormir de nuevo por las noches.

—Estamos bien, gracias.

Nos reímos.

—Nos espera una cena increíble —dijo Erin, a no ser que prefiráis estar solos.

—¿Bromeas? Apenas tuvimos tiempo de hablar durante la boda. Necesito que me pongas al día de todas las novedades —contesté.

Nos perdimos por los majestuosos pasillos del Hotel Paradiso en dirección a una de sus terrazas. Nos alojaríamos en la *suite* donde todo empezó. Esa vez, sin trabajo, sin ordenadores, sin e-mail. Solos Evan y yo.

Trabajábamos juntos desde hacía dos años. Wall and Cargill Associates era una contundente realidad y teníamos una incesante lista de espera como consultores financieros. Ocupábamos la planta ochenta y dos de uno de los rascacielos más codiciados de Manhattan y, a pesar de que íbamos juntos a trabajar en coche todos los días, Evan y yo manteníamos agendas separadas.

Y el final del día era lo mejor.

Buscarnos cuando las luces empezaban a apagarse en el edificio, salir a cenar, meternos juntos en la cama.

Nos entendíamos y nos queríamos.

Éramos un equipo.

Pero, más allá de la luna de miel, algo que nunca me interesó especialmente, estábamos allí para desconectar y bañarnos en el mar. Tomar el sol, bucear y jugar con mi *frisbee*. Lo conservo, por supuesto, y lo había traído en el equipaje, junto a los prismáticos que me regaló Evan por mi último cumpleaños.

# HOTEL PARADISO: HISTORIAS 1 - 4

Mientras Luke y Erin nos acompañaban a nuestra espectacular suite me fijé en lo poco que había cambiado. El sofá blanco, el cuadro en la pared sobre el que aterrizó mi bañador. Me invadió el mejor de los *déjà-vus*.

Y al parecer a mi marido también, pues mientras Erin y Luke abrían las puertas de acceso a la terraza, donde ya estaban sirviendo nuestra cena de bienvenida, Evan se acercó y me dijo:

—Ese sofá...me excita con solo verlo. Y cuando nos quedemos solos...

No me dijo lo que iba a hacer. No era necesario, lo sabía perfectamente. En su lugar, me dio un largo y sonoro beso.

El primer beso de nuestras eternas vacaciones en el Paradiso.

# El náufrago que la sedujo
### Hotel Paradiso #4
## Elsa Tablac

## CAPÍTULO 1

**KAYLA**

Uno de mis rincones favoritos de White Meadows, un poco más allá de las rocas de Hoover, era la cala de la Sirena Triste. No tenía la menor idea de por qué la llamaban así —nadie en el Hotel Paradiso lo sabía—, pero en cuanto puse un pie en la arena supe que aquel sería mi refugio.

Hacía ya seis meses que trabajaba en la recepción del Hotel Paradiso y había encontrado en aquella isla perdida de las Bahamas mi escondite perfecto. Nadie sabía que estaba allí. Nadie conocía mi verdadera identidad. A partir de ese verano era Kayla Biggs, una chica joven e inocente de Florida que se había tomado un año libre antes de retomar sus estudios. Un año que tal vez se alargaría, si me gustaba la isla y mi empleo en el hotel.

Es muy liberador llegar a un sitio nuevo e inventarse un pasado, una nueva identidad. ¿Lo has hecho alguna vez? Empezar de cero puede ser adictivo. Me gustó tanto crear una nueva "yo" que pensé que tendré que repetirlo pasados unos años. Me *resetearía* cada cierto tiempo. No tenía intención de anclarme a ningún sitio ni a ninguna persona, porque eso, en el pasado, no había funcionado. Había sido un completo desastre.

Y así había acabado allí, en White Meadows, trabajando y aprendiendo junto a Ellen, la gerente del hotel y mi jefa directa. Y todo estaba bien. El Caribe no es un mal sitio para empezar de cero, ¿no crees?

Era un empleo absorbente e intenso. Mi trabajo consistía en asegurarme de que nuestros huéspedes se instalaban en sus habitaciones sanos y salvos. El resto del tiempo me dedicaba a apagar fuegos de todo tipo y a ayudar a Ellen en cualquier cosa que se le ocurriese para mantenerme ocupada.

Eso no significa que no buscase mis espacios y momentos para estar sola.

Y la cala de la Sirena Triste era el sitio perfecto para desconectar. A una media hora a pie del hotel, había que dejar atrás las rocas Hoover y llegar hasta el final de la playa de White Meadows, donde solían concentrarse los huéspedes del hotel.

El club de playa tenía todo lo que necesitaban para no tener que moverse de allí; y lo cierto es que era un sitio espectacular. Los empleados del hotel, obviamente, sí solíamos desplazarnos un poco más o ir a Moxey Town —la localidad más próxima al hotel— en nuestros días libres.

Algunos vivían en aquel pueblo vecino; pero yo me alojaba en una de las amplias habitaciones con cocina del Paradiso. Era mucho más cómodo pero también más inmersivo. Ese era el reverso peligroso: Ellen sabía dónde localizarme a todas horas. Y aunque la jefa respetaba bastante mi tiempo libre, a veces no me quedaba más remedio que echarle un cable cuando acontecía algún desastre.

Pero ese día no. Era mi momento de paz; y estaba a punto de verse alterado —no solo en esa tarde, sino el resto de mis días—, por un extraño avistamiento. Eran las siete y media. Estaba a punto de guardar mis bártulos en mi bolsa de tela. Iba ya a recoger mi toalla, mi gorra, —que ya no necesitaba, pues el sol empezaba a ponerse— y la novela de misterio que andaba leyendo.

Y entonces lo vi. Y tuve que parpadear varias veces para asegurarme de que no era una extraña *fata morgana*, una de esas ilusiones ópticas que juegan con nuestra mente en el horizonte del mar.

Era una rústica barcaza de madera y dentro había un hombre.

Parecía remar con una especie de tronco y diría que su torso estaba demasiado cerca del agua. Calculé la distancia desde la playa hasta aquella inestable y dudosa barca. Dudosa por su consistencia, porque parecía tan endeble que estaba a punto de hundirse. Me acerqué a la orilla, donde las olas rompían. Algo me decía que aquel hombre estaba en serios apuros.

Agité los brazos en el aire en su dirección. Estaba sola en la cala, y juraría que él me había visto, pues remaba en mi dirección y en un instante en que se tomó un respiro elevó su brazo derecho en el aire en señal de respuesta. Pero aún estaba lejos, tal vez a unos trescientos metros de distancia. Me sentí inquieta. El hombre remaba claramente en dirección a la playa. No pensaba moverme de allí hasta asegurarme de que estaba a salvo.

Y entonces... se esfumó. La barca desapareció por completo de mi campo visual.

¿Había sido una ilusión óptica? ¿Era solo mi mente jugándome malas pasadas? No era posible. No estaba tan lejos y lo había visto perfectamente. Estaba convencida. Corrí hacia un conjunto de rocas desde el cual tendría una mejor panorámica de la cala.

Desde allí entendí lo sucedido. La barcaza se había hundido y el hombre que la ocupaba trataba de nadar hacia la playa. *Este es uno de esos momentos en los que sería útil tener un teléfono móvil,* pensé. No poseía uno de esos aparatos desde que iba al instituto en Florida, y a mis diecinueve años probablemente era una de las pocas chicas del siglo veintiuno que no disponía ni del teléfono más simple. Tampoco lo echaba en falta, hasta ese instante.

Observé cómo el hombre trataba de alcanzar la playa a nado y cuando apenas le faltaban cincuenta metros, volví a perderlo de vista.

No lo pensé más. Me quité el pantalón y corrí hacia el mar.

No sabía exactamente qué estaba haciendo. Jamás había rescatado a alguien, a pesar de que era una buena nadadora.

Ni siquiera estaba cien por cien segura de que el ocupante de la barca hundida necesitase mi ayuda. Solo seguí mi instinto y respondí a la firme convicción de que eso era lo que debía hacer en aquel momento.

Soy consciente de que en mis diecinueve años he cometido un buen puñado de errores, pero algo que jamás me había fallado era mi intuición.

Nadé hacia el punto exacto donde el hombre se había hundido y efectivamente, observé cómo una mano energía a la superficie.

Tenía problemas para mantenerse a flote. Probablemente estaba exhausto. Me sumergí a gran velocidad y lo localicé bajo el agua. Lo rodeé con mis brazos y agité mis pies con toda la fuerza que logré reunir para regresar a la superficie.

—Tranquilo. Te tengo. Deja que te ayude a llegar a la playa.

Apenas podía unir mis manos alrededor de su torso. Era grande y fuerte, y los últimos rayos de sol me permitieron apreciar lo atractivo que era, a pesar de su rostro curtido y una barba algo más larga y densa de lo común.

¿Quién era aquel hombre? ¿Qué hacía solo, en medio del mar?

Por suerte en el agua su cuerpo era ligero. Se dejaba ayudar. Lo sujeté con fuerza y nadé con la mano que tenía libre. Seguí moviendo mis pies con fuerza. Durante los últimos metros, antes de que pudiésemos alcanzar el suelo arenoso de la cala, noté cómo él mismo me ayudaba. Los últimos metros los salvamos con mucha dificultad, pues él estaba prácticamente inconsciente. No podía estar segura de si había tragado mucha agua, pero parecía exhausto, derrotado por el monumental esfuerzo.

Me rodeó los hombros con su brazo y caminó hasta la orilla con mucha dificultad. En cuanto pisamos tierra firme se desplomó.

Sabía perfectamente lo que tenía que hacer para reanimarlo, y aún así me detuve un segundo para contemplarlo y apartar el pelo de su rostro.

En mi vida había visto a un ser tan guapo y tan misterioso. Era uno de esos hombres que siempre tendrá algo de desconocido, aunque te permita acompañarle cada día en su existencia.

## CAPÍTULO 2

**R**<sup>OD</sup> *Ojalá todos los despertares fueran así.* Abrí los ojos y una belleza extremadamente joven, con el rostro salpicado de gotas de mar y arena, esperaba mi prueba de vida.

Juraría que acababa de probar sus labios, o al menos el oxígeno que estos me insuflaron; y bien merecía la pena no abrir los ojos, no cruzarse con su mirada, si eso significaba que iba a inclinarse de nuevo sobre mi boca y exhalar en mi garganta.

Mi salvadora.

Reaccioné gracias a su oxígeno.

Me incorporé rápidamente mientras tosía.

¿Qué había sucedido?

—Tranquilo. Estás a salvo —me dijo ella.

Me giré sobre mi hombro y escupí el agua que aún guardaba en los pulmones.

—¿He estado...a punto de ahogarme?

La chica asintió. Era un ángel. ¿Era demasiado joven? Parecía apenas una adolescente. ¿Cómo había conseguido sacarme del agua? Seguramente pesaba la mitad que yo.

En cuanto me aseguré de que volvía a respirar, de que volvía a estar en este mundo, me di cuenta de que requería

saber su nombre, y cómo localizarla si desaparecía durante el próximo minuto.

Además, necesitábamos imperiosamente no ser dos desconocidos. Aquella chica me había salvado la vida. Mi regreso a la civilización había acabado en los brazos perfectos.

Llevé mi mano derecha a su mejilla. ¿Ella también vivía en una isla desierta, igual que yo en mis últimos tres meses? Observé su bañador deportivo y nuevo y su cuidada melena oscura.

No.

Había alcanzado algún tipo de civilización.

—Tu nombre —susurré—. ¿Cuál es tu nombre?

La chica se apartó rápidamente al ver que yo ya no necesitaba su aire. Reconocí mi voz. Tal vez sonaba demasiado imperativa. Aparté la mano de su rostro enseguida. Tenía que recuperar las formas de inmediato.

—Yo soy Roderick. Pero todo el mundo me llama Rod. O me llamaba, hasta que... me aislé.

La tensión de su rostro se disipó al instante. Así había que actuar con mi salvadora.

Paso a paso, ganándome su confianza segundo a segundo.

Ofreciéndole un poco de información a cambio de la suya.

—¿De dónde...has salido? ¿Eres...?

Me incorporé un poco más. Me moría de sed.

—¿No tendrás algo de agua, por casualidad? —le pregunté.

—Agua. Claro. Espérame aquí y vuelvo en un segundo.

¡Como si fuera a moverme de su lado! Sonreí ante semejante ocurrencia. Escaparme de aquella cala desconocida mientras mi perfecta salvadora corría hacia el lugar donde había plantado su bolso y su toalla y volvía a mi lado con una botella medio llena.

Enseguida me ofreció el agua y gané unos segundos para poder elaborar un discurso algo convincente y articulado. Ella tenía más preguntas que respuestas podía ofrecerle yo. La cuestión era que naufragar delante de ella no era relevante para mí. Lo que me interesaba era qué hacía allí, qué debía hacer para acompañarla el resto de la noche. Dios mío, era una completa desconocida. Tal vez la falta de oxígeno me había afectado el cerebro.

—¿Eres un náufrago? —me preguntó, mientras observaba mi barba desastrosa.

En ese momento deseé estar más presentable para ella. Necesitaba una ducha y una cuchilla de afeitar. La ropa sería algo secundario, en el fondo.

—Exactamente eso —contesté—. Como has podido comprobar, mi balsa no ha resistido el viajecito.

—Pero, ¿de dónde vienes? ¿Dónde estabas?

¿Cuánto podía contarle en nuestra primera hora juntos? No deseaba entrar en detalles y hacer pedazos la magia que sentía. No quería que aquella chica buscase mi nombre y mi apellido en Google. Decidí ofrecerle información a cuentagotas y pedirle un segundo favor.

¿Sabías que si pides un favor y te lo conceden, es muy posible que esa misma persona acceda a concederte un segundo favor inmediatamente después?

—He pasado los últimos meses en el islote de Shaw. Un viejo sueño, eso de vivir un tiempo en una isla desierta. Debían recogerme hace seis días, tal y como acordé con uno de los servicios de transportes de Nassau. El barco no pasó a buscarme y me quedé sin reservas. Así que construí una balsa con mis propias manos, y he tardado casi seis horas en llegar hasta aquí. Hasta...

—Estás en White Meadows —contestó—. Esta es una zona turística, ¿sabes? No es otra playa desierta. Es solo un lugar tranquilo en medio de la vorágine de veraneantes.

—Aún no me has dicho tu nombre.

*Y eso es algo casi insoportable,* estuve a punto de añadir.

—Soy Kayla.

—Kayla. Gracias por sacarme del agua. Es evidente lo que habría pasado si no hubieses estado aquí. ¿Qué haces sola en esta playa?

Me di cuenta de que esa idea, Kayla sin compañía, me incomodaba un poco. Era una joven fuerte e independiente, saltaba a la vista, pero la idea de que anduviese sola por una playa desierta, al anochecer, me provoca cierto desasosiego. Quería acompañarla.

—Es...es mi tarde libre.

—¿Vives aquí, en White Meadows?

—Trabajo en un hotel cercano. Vivo en el hotel. Temporalmente.

Me incorporé del todo. Me senté en la arena, con el aliento ya recuperado.

—¿Crees que estás recuperado? No has estado a punto de ahogarte. Me parece que simplemente te has desmayado por el sobreesfuerzo. ¿Necesitas que llamemos a una ambulancia? —me preguntó Kayla.

—No, muchas gracias. Creo que solo necesito descansar. Dormir. Estoy exhausto. El problema es que he perdido mis cosas.

Me observó de arriba a abajo.

—¿Tienes dónde ir?

Negué con la cabeza. La verdad, solo supe que tenía que salir de aquella isla. No pensé en las consecuencias, en lo que sucedería cuando tocase tierra firme —cualquier tierra firme—. Lo principal era salir de allí y luego ya lidiaría con las consecuencias.

—Mi idea era acercarme a algún hotel de la costa y pedir que me dejasen hacer un par de llamadas.

—Dios mío, ¿no tienes hambre? —me preguntó de repente.

Paseó la mirada por mi torso, y aunque sé que no era una mirada de deseo, sino de pura curiosidad, aquel gesto me encendió. Despertó algo en mí que llevaba meses en coma, tal y como había decidido antes de viajar a aquella isla. Y no, no era porque llevase meses sin ver a una mujer. Pero desde luego ninguna tan atractiva como ella. Su bondad y aquella voluntad de prestar su ayuda incondicional me conmovía y me excitaba a partes iguales.

Kayla se levantó de nuevo y se acercó a su bolso. Solo que en esa ocasión lo cogió, sacudió la toalla y regresó definitivamente a mi lado.

—Toma. Es lo único que tengo aquí.

En su mano extendía unas barritas de chocolate *Kit Kat*.

## HOTEL PARADISO: HISTORIAS 1 - 4

—Suficiente. Gracias de nuevo. ¿Me la dejas? —pregunté, señalando su toalla—. Es lo último que te pediré hoy. Creo.

—Claro, sécate.

—No es para secarme, Kayla. Es para dormir esta noche en la playa. Mañana veré qué hago.

Me miró espantada.

—Rod, ¿de verdad crees que voy a dejar que te quedes aquí solo después de lo sucedido?

—No debes preocuparte por mí. Estoy acostumbrado a dormir al raso. Es lo que he hecho durante meses. Encenderé una hoguera y...

—Eso no es necesario. Trabajo en un hotel de lujo que está a una media hora caminando. Veinte minutos si vamos algo rápido. Y sé muy bien que hay habitaciones vacías. Vendrás conmigo, y allí podrás comer algo, darte una ducha y descansar.

¿Qué responder ante semejante generosidad? ¿Cómo iba a tener el valor de apartarme de mi salvadora?

—Suena a plan perfecto —le dije.

—Vámonos.

La sonrisa que esperaba desde que pisé la arena apareció en aquel mismo instante.

No podía hacer otra cosa que seguirla. La verdad que aquella chica merecía toda mi atención y mi tiempo. Cualquier otra cosa, como las llamadas que tenía que hacer, iba a tener que esperar. Tal vez hasta la mañana siguiente.

## CAPÍTULO 3

**K**AYLA

*Estoy loca. No hay ninguna necesidad de esto,* pensé, mientras introducía al náufrago a escondidas en mi apartamento, en la zona de empleados. No había una política muy definida con respecto a traer "invitados" a las habitaciones en las que pernoctaba el personal del Hotel Paradiso; pero conocía al dedillo las normas implícitas y sabía que el procedimiento correcto pasaría por avisar a Ellen, que libraba esa noche, y contarle la peculiar situación.

Era un hombre posiblemente indocumentado, desconocido. Podía ser quien decía que era, su nombre tal vez era Roderick. O no.

Ser un náufrago guapo y desvalido no podía ser suficiente para quedarme a solas con él en medio de la noche, y supongo que mi parte analítica y razonable lo sabía muy bien.

Pero era humana, lo había sacado del agua —aún no me explicaba muy bien cómo—; de donde jamás había rescatado a nadie. Quería ofrecerle un refugio, no necesariamente un teléfono para que alguien, tal vez otra mujer, viniese a buscarlo. Una ducha caliente, algo de comida y bebida. Una cama.

*Una cama.*

Me estremecí ante la simple idea de compartirla con él. Era algo latente en mi pensamiento desde que había logrado sacarlo del agua y devolverle el aliento.

—¿Vives aquí? —preguntó Rod, girando sobre sí mismo en mitad del salón.

—Sí. Al menos mientras trabaje en el hotel.

—¿Qué haces exactamente?

—Estoy en la recepción.

## HOTEL PARADISO: HISTORIAS 1 - 4

—¿De dónde eres? Perdona por todas estas preguntas, Kayla. Lo quiero saber todo sobre ti.

Sonrió.

Y yo me ruboricé.

No sabía exactamente qué decirle. ¿Cómo podía hablarle de un pasado del que aún estaba huyendo?

—Soy de Orlando. No puedo contarte mucho más, Rod. Oye, si te parece voy a la cocina a buscar algo de cena. Creo que es mejor que te quedes aquí, por el momento. Hasta que sepa cómo ayudarte exactamente.

Se acercó enseguida y me cogió las manos de forma espontánea.

—No quiero que tengas problemas por mi culpa, Kayla. Y ya me has ayudado suficiente. Me has salvado la vida.

—Oh, vamos. Habrías llegado a la playa. Seguro. No ibas a ahogarte...

Me apretó un poco los dedos.

—Sería feliz si me dejas quedarme solamente esta noche. Por la mañana tendré que lidiar con cosas. Con algunos problemas. Con gente. Con llamadas de teléfono. He estado desaparecido una temporada y no todo el mundo estará contento con eso, ni con las explicaciones que les pueda ofrecer —se detuvo un instante—. Pero si todo esto puede causarte el más mínimo problema debes decírmelo y me marcharé enseguida.

Esa última frase sonó dura y terrorífica y me hizo darme cuenta de que no quería bajo ningún concepto que Rod se fuera. No iba a ser un problema, siempre y cuando nadie lo viese salir y entrar de mi habitación.

Los empleados del Paradiso no eran santos. Los paseos nocturnos entre habitaciones eran más común de lo que Ellen pudiera imaginar. Pero hasta el momento había tratado de ser muy discreta y no me apetecía especialmente que nadie supiese que tenía un invitado —más que nada porque no me gustaba dar explicaciones sobre mi vida personal— pero diría que si éramos cuidadosos nadie iba a saber nada.

—Te garantizo que no habrá problema —le dije—. Puedes quedarte.

Me sonrió de nuevo, y me derretí un poco.

Eso, sus sonrisas de agradecimiento, iban a ser problemáticas.

—Dormiré en la terraza. No te enterarás de que estoy aquí.

Ignoré esa propuesta.

—Puedes usar la ducha si quieres, mientras voy a buscar algo de comida. En el baño encontrarás toallas y un kit nuevo de *toiletries*.

—¿Un kit de qué?

Rod se rio.

—Vuelvo enseguida —le dije.

—Te espero aquí.

Ambos hacíamos referencia a separarnos apenas unos minutos, pero no acababa de dejarme marchar. Sus dedos aún permanecían entrelazados con los míos. Me produjo tal desasosiego que Rod se marchase hacia el baño mientras yo regresaba que estuve a punto de echar la llave y dejarlo encerrado en mi pequeño refugio. Por suerte, descarté rápido esa locura.

Me dirigí hacia una de las cocinas del hotel, donde a aquellas horas estarían terminando de preparar la cena para los clientes. Vi allí a Jill Beaumont, una de las cocineras con las que a veces coincidía en el spa, y con la que me llevaba bastante bien. Si la avisaba con un poco de tiempo, Jill me preparaba siempre cualquier cosa que me apeteciera comer. No solía abusar mucho de su generosidad extrema, pero esa vez sí que necesitaba un pequeño favor.

—¿No vas a quedarte a cenar conmigo? —me preguntó en cuanto le dije que esa noche tenía un poco de prisa.

—Jill, no. Hoy me es imposible. Pero te lo compensaré, te lo prometo. Necesito un pequeño favor.

—Soy toda oídos.

## HOTEL PARADISO: HISTORIAS 1 - 4

—Esta noche he de cenar en mi habitación, así que yo misma me llevaré lo que sea, si te parece. Estoy esperando una llamada importante, pero tengo bastante hambre. ¿Crees que podría tener un poco de cena extra hoy? Tal vez dos ensaladas de pasta, ya sabes, la receta secreta de mamá Beaumont. Y alitas de pollo. Muchas. Patatas asadas con tu salsa especial. Fruta. Y tal vez helado. De fresa y chocolate.

Jill levantó una ceja.

Era evidente que era demasiada comida para una persona.

Iba a pedirme explicaciones y yo tenía prisa por volver al lado de Rod. Ardía por dentro.

—Supongo que no vas a cenar sola y que ahora mismo no puedes contarme más. Parpadea dos veces si estoy en lo correcto.

Parpadeé dos veces.

—Y supongo que también tienes algo de prisa.

De nuevo, parpadeé dos veces. Con Jill la comunicación era así de fluida. No siempre necesitábamos palabras para expresarnos.

—Está bien —dijo—. Dame diez minutos y reúno una suculenta cena, a cambio de...

—¿A cambio de qué?

—De que me cuentes qué te traes entre manos, por supuesto. Cuando puedas.

—No te preocupes por eso.

Entendía a Jill. Se pasaba la vida entre fogones y siempre estaba ávida de un buen cotilleo. Y yo solía estar siempre en condiciones de proporcionárselo. A cambio, me reservaba sus mejores manjares. Por ejemplo, había estado muy interesada en saber todo con respecto a la nueva novia de Luke Davies, quien ese mismo mes se había estrenado como director del hotel, gracias a la jubilación definitiva del viejo señor Davies.

De hecho Ellen había estado algo más alterada que de costumbre con este cambio; así que la había tenido menos encima. En cualquier momento nuestra gerente podía volver a fijar su atención en mí, porque según decía yo era su sucesora natural y la recepción era "casi con toda seguridad" el puesto más importante del hotel.

Esperé a que la comida estuviese lista, mientras Jill se movía con agilidad por la cocina.

Me preparó dos bolsas perfectamente empaquetadas.

—Si tienes un rato, podríamos tomar un café mañana —me dijo—. En uno de tus descansos.

—Claro que sí.

Me despedí de ella y salí de la cocina a toda prisa.

---

VOLVÍ HACIA MI HABITACIÓN por la zona menos transitada del hotel. Tenía los nervios a flor de piel por todo lo que había sucedido esa tarde, pero sobre todo por lo que quería que pasara. *Tal vez cuando abra la puerta él se habrá esfumado y tendré que comerme toda esta comida yo sola,* pensé. Era una idea desoladora.

Me tomé unos instantes antes de abrir la puerta de mi habitación. Respiré hondo y me pregunté si aquella era la locura que llevaba tanto tiempo esperando. Y me di cuenta de que no, de que era mucho más, y de que había algo en aquel hombre que el mar me había traído que me intrigaba.

Y que me atraía.

Desde que había salido de la habitación no dejaba de pensar en sus manos.

Sus manos recorriendo todo mi cuerpo.

Golpeé la puerta con los nudillos antes de abrir.

# CAPÍTULO 4

**R**<sup>OD</sup> Contemplé mi rostro en el espejo una vez más. Apenas me reconocía, después de todos aquellos meses en la isla. También estaba visiblemente más delgado, aunque aún conservaba mi buen físico.

Había hecho todo lo posible por mantenerme en forma en la isla y conseguir comida extra por mi cuenta. Se me había dado fenomenal pescar y recolectar gran cantidad de frutos. En una zona de la isla había encontrado varios árboles frutales con los que jamás hubiese soñado: cocoteros, mangos, bayas y hasta una chumbera.

En el baño de Kayla encontré los artículos de baño nuevos que había mencionado, aún por estrenar y con el membrete del Hotel Paradiso. Todavía no podía creer mi suerte al haberla encontrado.

Aquel ángel me había ayudado a salir del agua y a ponerme a salvo.

No estaba seguro de merecer eso.

Me duché, recorté mi barba y me afeité con la cuchilla que encontré en la bolsa de aseo para huéspedes. Y después caí en la evidencia de que no tenía ropa limpia. Presentarme ante Kayla envuelto en una toalla no me parecía cortés, así que me coloqué de nuevo el bañador, que ya estaba casi seco.

Lavé mi camiseta en el lavamanos y la extendí sobre la puerta de la ducha. En uno de los bolsillos del bañador, protegida por una bolsa de plástico impermeable, había logrado increíblemente salvar mi cartera, que contenía algo de documentación y un par de tarjetas de crédito. Estaba por ver si aún funcionarían.

Extendí sobre mi rostro curtido por el sol un poco de loción hidratante.

Necesitaba también un buen corte de pelo. Había crecido algo más de la cuenta. Junto a los cepillos de Kayla había unas tijeras más grandes con las que podría hacerse un pequeño arreglo, pero necesitaría ayuda. Si ella supiese cortar un poco el pelo... Me alteré con la sola idea de sus dedos masajeando mi cabeza, perdiéndose entre los mechones de cabello oscuro. Los míos, y los suyos.

En el momento en que oí cómo la puerta de la habitación se abría y ella pronunciaba mi nombre me vi en la obligación de decirle que saldría enseguida. Me horrorizaría que ella viese mi inevitable erección, que fuese consciente de que hasta su ausencia me excitaba. Aquella chica se merecía el más impecable de mis comportamientos.

—¡Salgo en un minuto, Kayla! —exclamé.

Había decidido posponer todos mis problemas hasta, al menos, la mañana siguiente.

Iba a centrarme en ella, si me dejaba. Kayla era digna de toda mi atención. Estaba desconcertado. Nuestro encuentro inesperado estaba empezando a convencerme de que solo había saltado de isla. A la isla correcta. Tal vez jamás volvería a casa. La extraña idea de quedarme al lado de aquella bella desconocida me parecía más razonable a cada minuto que pasaba.

Cuando salí de mi encierro en el baño del apartamento-habitación de Kayla me encontré con una cena abundante y perfecta. Empecé a salivar en cuanto vi, dispuestas sobre la mesa, sendas bandejas repletas de auténticos manjares. Pasta, alitas de pollo, patatas. Todo lo que había echado de menos durante mi aislamiento.

—Y he conseguido helado —me dijo, con los ojos brillantes, mientras clavaba su mirada oscura en mi torso desnudo—. Lo guardaré en el congelador.

No, era demasiado. Las ganas de besarla y abrazarla eran demasiado intensas. Estaba haciendo un esfuerzo consciente por no levantarme y estrecharla entre mis brazos.

—Podría llorar de felicidad ahora mismo —confesé, al ver todo aquello. Comida y la compañía de Kayla. No necesitaba nada más. Y no necesariamente en ese orden. Y a decir verdad, hubiera prescindido de esa cena si hubiese tenido que elegir entre alimento o...

O estar con ella.

Fui consciente enseguida. En cuanto la vi.

Quería seducirla.

Me senté junto a la mesa que ocupaba parte del pequeño salón, excusándome de nuevo por mi semidesnudez. Kayla se sentó al otro lado.

Entonces observé algo.

—Veo que no tienes tele —le dije.

—No. Tienes razón. Pedí que se la llevasen. Nunca me ha interesado ver la tele. Ni siquiera le prestaba atención cuando era una niña. ¿Por qué? ¿Hay algo que te interese ver? ¿Demasiado tiempo desconectado del mundo?

Me reí. Si ella supiera...

—No. En absoluto. Es lo mejor que puedes hacer.

—Mañana te conseguiré algo de ropa —afirmó.

Intenté leer su mente mientras servía dos copas de delicioso vino. Tal vez me prefería sin ella. Sin nada de ropa. En el Caribe eso de vestirse no era precisamente un problema.

—Podría acostumbrarme a esto, ¿sabes? —le dije.

—¿A cenar alitas de pollo todas las noches?

—A cenar alitas de pollo todas las noches contigo.

Se ruborizó. Me encantó la manera en que desvió los ojos hacia el plato que tenía delante para que no descubriese su súbita turbación. Yo tenía las manos sobre la mesa, pero deseaba deslizarlas por debajo, buscar sus rodillas con mis dedos, sus piernas.

Antes de meterme en la ducha husmeé un poco entre sus cosas. Cuestionable. Lo sé. Pero me pudo la curiosidad.

## ELSA TABLAC

No me resultó muy complicado encontrar su pasaporte —uno de sus dos pasaportes— y comprobar que Kayla en realidad no se llamaba Kayla Biggs, sino Celine Birch.

Ella, como yo, huía de algo.

Y no tenía ningún derecho a preguntarle por su pasado, porque yo tampoco le había contado toda la verdad sobre mi naufragio.

Kayla —así seguiría refiriéndome a ella hasta que no me indicase lo contrario— había dejado una vida atrás y se había inventado una nueva existencia en aquel rincón de las Bahamas. Era a todas luces una mujer en proceso. En construcción. Debo reconocer que el principal motivo por el que hice aquello, revolver entre sus cosas, fue porque quería asegurarme de que era mayor de edad. Y era originaria de Florida, así que en eso no había mentido.

Lo era, a todas luces, aunque por muy poco. Tenía solo diecinueve años. Y a mis treinta y uno, intuir que aquella chica había huido de algo, tal vez traumático hasta el punto de querer cambiar de identidad, hizo que mi instinto de protección se agudizase.

De repente mis propios problemas, todas mis llamadas de teléfono pendientes, quedaban relegados a un tercer, cuarto plano. Necesitaba saber en qué podía ayudarla, —si es que esa chica necesitaba algún tipo de ayuda, porque tenía pinta de apañárselas muy bien sola—, pese a haber cambiado de vida.

La escuché con atención mientras me hablaba de su día a día en el hotel, de lo que había aprendido en los últimos meses, de su jefa, Ellen; y del dueño del hotel, un tal Luke Davies. De lo mucho que le gustaba ir a nadar o leer a la cala de la Sirena Triste, el lugar donde nos habíamos encontrado.

Mientras la escuchaba no me preguntaba qué era cierto de todo lo que me decía y qué no.

*Tengo toda una vida por delante para desentrañar cada uno de sus misterios,* pensé.

# HOTEL PARADISO: HISTORIAS 1 - 4

## KAYLA

*Estoy hablando demasiado*, pensé. *Se va a aburrir.* Y sin embargo, estaba convencida de que él escuchaba todo, mientras devoraba lo que había puesto sobre la mesa con auténtico deleite. Rod parecía atender con atención, pues a veces me interrumpía para preguntarme algo concreto. Nada demasiado indiscreto. Nada que me obligase a mentir acerca de mi pasado o de por qué había acabado trabajando en aquel lujoso hotel de las Bahamas.

Cuando fui a buscar comida no había pensado en la ropa para él. La iba a necesitar, claro. No me costaría nada conseguirla. Pero me gustaba demasiado la intimidad que se desprendía de su desnudez. Me encantaba su pecho, cubierto de una mata de pelo oscuro pero fina, seguramente suave. Estaba muy bronceado y aún así el sol no parecía haber causado estragos en su piel.

Me gustaba verlo comer. Me encantaba que devorase lo que había traído, que estuviese hambriento. Y a cada mordisco, a cada sorbo de vino, yo me convencía un poco más de que Rod había llegado hasta aquella playa, arrastrado por el mar, para convertirse en el primer hombre de mi vida.

Había postergado aquello durante mucho tiempo. Salir del ambiente opresivo en el que vivía, conseguir un pasaporte falso, una nueva identidad, llegar hasta las Bahamas después de un viaje interminable y lograr un empleo había ocupado todo mi tiempo y energía desde que tuve dos dedos de frente.

En mi corta existencia todavía no había tenido tiempo para un hombre. O tal vez ninguno había logrado captar mi interés durante más de diez minutos.

Hasta que llegó uno en concreto y lo saqué del agua.

Cuando terminamos de comer me levanté de la mesa y me acerqué al balcón que daba a la larga playa de White Meadows. Era la hora perfecta para dejar que la brisa nocturna nos enfriase, o bien avivase aún más la llama. Le sonreí antes de salir al balcón y fue toda la señal que Rod necesitó para dejar la cena de lado definitivamente y seguirme hacia la noche.

## CAPÍTULO 5

**ROD**

Sentía que nuestro destino estaba unido desde esa tarde y que por supuesto que la seguiría hacia aquel balcón caribeño y hasta su próximo escondite si era necesario, en el caso de que Kayla decidiese huir de nuevo e inventarse una tercera personalidad. Podía tener mil identidades, y estoy convencido de que podría enamorarme de cada una de ellas.

Salimos al balcón y nos llenamos de la brisa nocturna. Kayla dio la espalda al mar y me observó. Antes de ir a buscar nuestra cena se había cambiado de ropa, y en ese momento llevaba un vestido corto y veraniego, de color naranja y blanco que contrastaba con su piel.

Su piel debía saber aún a la sal de mi rescate y estaba deseando retirarla con mi lengua. Pero estaba casi petrificado sobre aquellos tablones de madera, incapaz de hacer el más mínimo avance si ella no me daba la luz verde que necesitaba.

Todo apuntaba a que sí, a que ella deseaba que me acercase un poco más. Y eso hice. Me aproximé a la barandilla de madera que separaba su hogar temporal del acceso a la playa.

Respiré hondo.

—Eres muy generosa, Kayla. Estoy muy agradecido por lo que has hecho por mí hoy.

Sabía que debería decirle que pronto podría librarse de mí. Que ya había abusado demasiado de su hospitalidad y que debía seguir mi camino. Pero es que lo último que pasaba por mi mente era apartarme de ella.

Necesitaba saber si me quería a su lado a la mañana siguiente.

—Tal vez debería ver si tengo alguna camiseta que te pueda servir —me dijo. Tocó mi hombro y dejó su copa de vino sobre la barandilla—. Creo que tengo alguna gigante.

—Estoy cómodo así. Sin camiseta. ¿Lo estás tú, Kayla?

Asintió.

Yo me incorporé. Ella iba descalza, y a mi lado resultaba pequeña y perfecta.

—Entonces ahora mismo no necesito mucha ropa. Además, llevo mucho tiempo sin ella.

Me apoyé de nuevo en la barandilla. Nuestros brazos estaban en contacto y la temperatura que nos empezaba a sofocar era evidente. Kayla giró su cuerpo y rodeó mis hombros con su brazo derecho. Podía interpretarlo como un gesto íntimo y reconfortante. Amistoso. Pero aquello no podía quedarse en amistad y gratitud. No iba a conformarme con eso.

No después de tanto tiempo sin el calor y el afecto de una mujer.

En cuanto sus manos recorrieron mi hombro cogí sus manos y la atraje hacia mí.

—Somos dos perfectos desconocidos esta noche—me dijo.

Me incliné y la besé, porque no había otra cosa que pudiese hacer. No había alternativa y no había nada que desease más. Íbamos a acabar enredados sin remedio. Me perdí entre sus dulces labios mientras ella apoyaba sus manos en mi pecho. Kayla podía apartarme y fulminarme para siempre con un solo gesto, pero no lo hizo. Me acarició el pecho, pasó sus dedos por el vello que lo cubría.

—Podemos serlo esta noche —le dije—. Y por la mañana podemos contarnos quiénes somos en realidad.

Se apartó un instante y me observó, sorprendida. Supongo que era consciente de que, al menos en parte, estaba desentrañando sus secretos y que ella aún no había tenido ninguna opción de asomarse a los míos.

—No sé si estoy preparada para eso —me dijo, algo seria.

—No importa. Esperaré el tiempo que sea necesario. Antes te he preguntado qué podía hacer por ti, Kayla. Siento que estoy en deuda contigo.

—Pero sí estoy preparada para estar contigo esta noche. No sé si mañana me parecerá la mejor idea, pero...¿por qué no olvidamos que mañana amanecerá?

Llevé mi mano a su garganta y la acaricié. El rumor de las olas al fondo, en la playa de White Meadows, nos envolvía sumiéndonos en una especie de trance. Noté cómo entreabría sus piernas y yo no perdí ni un segundo en colocarme entre ellas. Quería que lo notase, que me palpase. Que fuese perfectamente consciente de cuánto me excitaba.

—Podemos olvidarnos de mañana...siempre que seas mía esta noche —susurré junto a tu oído.

Kayla asintió, dispuesta a dejarse llevar.

Se giró, dándome la espalda y permitiendo que la cubriese por completo con mis brazos. Empecé a acariciar su cuerpo por encima del vestido, buscando cualquier resquicio que me permitiese colarme en su piel. Besé su espalda salada y deslicé la lengua por su nuca, hasta el lóbulo de su oreja. La besé y noté como se empequeñecía aún más entre mis brazos, encogiéndose, concentrándose en el placer que empezaba a asaltarla.

—Rod —susurró.

Llevé la mano al interior de sus piernas, y ella la atrapó con sus muslos, sin dejarme mucho margen de movimientos.

Aún así la acaricié. Mi mano se empapó de su humedad.

—Rod.

Se giró y encaró mi mirada inflamada de deseo.

—Nunca he estado con nadie —me dijo.

Mi reacción instantánea fue besarla despacio, imprimiendo un nuevo ritmo, pausado y desesperante, a lo que estábamos haciendo a vista de cualquier huésped del hotel que paseara por la playa esa noche.

Mi salvadora era virgen.

No podía creer lo que me estaba sucediendo. Volvería a arriesgarme en el mar una y mil veces si eso significaba que tendría la más mínima opción de llevarla hasta su cama y hacer que se revolviera de placer.

—No te preocupes por nada —le dije—. Voy a hacer que no olvides esta noche, Kayla.

*Y tampoco a mí.*

*No me olvidarás nunca.*

Eso no se lo dije. Quería preguntarle si confiaba en mí, pero su respuesta sería todo un compromiso. Los dos habíamos acordado ese pacto implícito y silencioso: olvidarnos de la mañana, concentrarnos en esa noche.

Observé una sombra a lo lejos, junto a la orilla. Una pareja caminaba bajo la luz de la luna, con los zapatos en las manos. Levanté a Kayla, sujetándola por las nalgas. Ella me rodeó enseguida con sus piernas, dejándome muy claro que sí, que confiaba en mí.

Confiaba en el náufrago desconocido.

Entré de nuevo en la habitación con ella en mis brazos mientras continuaba besándola. La llevé directamente a la cama. Necesitaba desesperadamente empezar a proporcionarle cosas. A darle todo lo que merecía. Empezando por una media docena de orgasmos.

## KAYLA

Era una sensación desconocida, pero no podía creer que hubiese esperado tanto para permitir que un hombre lamiera y besara mi intimidad con tanta dedicación. Estaba claro; tenía que ser él. Desconocía su apellido pero me daba exactamente igual. Era lo tranquila que me sentía entre sus brazos, bajo su cuerpo, lo que me había dado la confianza que requería para permitir que me llevase hasta la cama.

## HOTEL PARADISO: HISTORIAS 1 - 4

Clavé la mirada en el techo mientras Rod se recreaba con su lengua en la entrada de mi cuerpo. Sinceramente, no sabía cuántos minutos más podría aguantar esa tortura deliciosa. Rod lamía sin descanso alrededor de mi flor cerrada. Nunca había me sentido tan húmeda. Ya tenía la imperiosa necesidad de que me llenase, de que entrase por fin en mi cuerpo e hiciese pedazos el último resquicio de mi inocencia.

Pero Rod parecía dispuesto a tomarse todo el tiempo del mundo. Ya lo habíamos decidido y estaba muy claro: la mañana no existía.

Siguió devorándome. Tal vez pasaron minutos. Tal vez una hora. No se cansó hasta dármelo.

Enterré las manos en su pelo en el momento exacto en que me arrastró hasta el éxtasis.

—¡Oh, dios mío! —dejé escapar un grito que debió oírse en todo el complejo.

Rod se incorporó para observarme. Tenía la mirada brillante y la barbilla húmeda, mis jugos resbalando por su rostro. Sacó la lengua y se lamió los labios. Los saboreó cómo había hecho con el vino. Después se incorporó y se tumbó sobre mí, apoyando los codos a ambos lados de mi cuerpo, sobre el colchón. Atrapándome en una cárcel perfecta mientras yo me recreaba en el eco de mi éxtasis.

Mis rodillas temblaban y me recorrieron varios espasmos.

—Así es, preciosa —me dijo—. Eso es lo que busco. Lo que necesito.

Notaba su polla grande y dura entre mis piernas, creciendo por momentos, reposando entre mis muslos en el momento previo a que me penetrara. Lo deseaba tanto... Lo necesitaba. Era como si tuviese sobre mí todo lo que me faltaba en ese momento. Lo que me completaría.

Rod enterró su rostro en mi cuello, y de ahí bajó a mis pechos. De nuevo, se tomó todo el tiempo que quiso para recorrer hasta el último milímetro de ellos con su lengua, mientras yo me retorcía de impaciencia. Atrapó mis pezones con su lengua, sin intención de dejarlos escapar. Me revolví de nuevo de pura impaciencia. Nunca había tenido a un hombre dentro, pero en ese momento sabía que era exactamente lo que necesitaba. Con urgencia.

—Rod, por favor. Te necesito ya.

Se detuvo y elevó sus ojos a la altura de los míos.

—Necesito estar seguro de que estás preparada.

—Lo estoy.

Me estaba arrastrando hasta un lugar desconocido. Me estaba dejando llevar y era imposible, ¡imposible! pensar siquiera en detenerme. Noté el bulto firme y perfecto de Rod en la entrada de mi coño. Lo restregaba arriba y abajo, empapándose de todos mis fluidos, lubricándose con ellos. Necesitaba palparlo. Lo busqué con la mano. Lo agarré y la deslicé arriba y abajo, apretando, sin saber exactamente qué hacía. Tan solo seguía mi instinto.

—Sí. No pares, Kayla. Lo quieres ya, ¿verdad, nena?

Asentí.

No podía ni hablar. Solo emitir sonidos guturales y desconocidos hasta el momento. Me agitaba sin control bajo su cuerpo.

No me hizo esperar más.

Rod empezó a penetrarme. Fue gentil y lo hizo muy despacio, mientras trataba de amoldarme a su considerable tamaño. Me mordí el labio, tratando de contener la deliciosa presión a la que me estaba sometiendo. Y mientras reconocía el placer y el dolor mis rodillas temblorosas lo rodeaban y lo empujaban aún más hacia mí.

—Ughhh, dios mío, Kayla. Estoy hundiéndome en ti. No voy a poder parar.

—No quiero que pares. No se te ocurra parar.

Estábamos cometiendo errores y era perfectamente consciente de ello. Para empezar no estábamos usando protección. Estaba mal, muy mal; y al mismo tiempo yo misma estaba empujándolo más y más hacia mí, y él estaba perdido en el éxtasis, su mirada estaba fuera de control.

## HOTEL PARADISO: HISTORIAS 1 - 4

Llegó hasta el fondo y gritó. Gritamos los dos. Jamás había sentido tal nivel de conexión y de intimidad con nadie. Noté cómo crecía aún más en mi interior.

Rod parpadeó.

—Creo que me voy a desmayar —susurré. Estaba sudando sobre las sábanas, ardiendo, como si me azotara la peor de las fiebres.

—Kayla. Kayla. Nena. Escúchame. ¿Necesitas que pare? No hace falta que lleguemos tan lejos hoy. No tengo... escúchame.

Lo abracé aún con más fuerza y mi cadera se movió bajo su cuerpo, buscando la máxima fricción. Gemí de nuevo. Me moví arriba y abajo, deslizándome sobre su polla. Él se había detenido pero yo no estaba dispuesta a quedarme quieta. Empecé a moverme instintivamente. Arriba y abajo.

—Dios santo, Kayla. Estás demasiado excitada.

—No pares, por favor, Rod. No puedes parar ahora.

—Kayla. Kayla —me dio un golpecito con su mano en la mejilla. Y en ese momento pensé que ojalá me hubiese abofeteado con más fuerza —. Escúchame. Voy a follarte, nena. Quiero que te corras otra vez. Quiero que lo hagas para mí. Pero no terminaré dentro de ti. No hay nada que desee más, pero tenemos que mantener un mínimo de cordura, ¿me entiendes?

Asentí. No entendía del todo la dimensión de lo que me decía, pues nunca lo había experimentado, pero en ese momento lo único que necesitaba era que siguiese moviéndose, porque solo así se perpetuaba aquella deliciosa sensación que me estaba invadiendo.

Rod se arrodilló sobre el colchón y llevó mis tobillos a sus hombros. Me sujetó las piernas y empezó a follarme rápido y fuerte mientras gemía. Lo hacía con cierta delicadeza, pero sin perder el ritmo frenético que nos conduciría al paraíso. Aunque yo sentía que ya estaba en él, desde el momento en que le había practicado un torpe boca a boca en la playa.

De repente Rod se detuvo para acariciarme.

—Kayla, estoy a punto.

Retomó sus movimientos, agarrándome por la cintura. Me obligó a mantenerme quieta de nueva. El calor se intensificó en el punto exacto en el que nuestros cuerpos se unían y solo le bastó pronunciar una palabra para que yo me cayese por un nuevo precipicio.

—Mía —susurró.

Rod se movía de nuevo frenéticamente mientras giraba el cuello y me besaba el tobillo que reposaba sobre su hombro. Su respiración se hizo pesada. Soltó un gemido animal. Y mientras lo hacía salió de mí sin avisarme. Agarró su polla y la apretó en su puño. Se derramó sobre mi muslo. Se corrió intensamente. Noté su semilla, espesa y caliente, deslizándose por mi pierna. Se desplomó sobre mi cuerpo y volvemos a quedar unidos por un abrazo que duraría hasta el amanecer.

Tal vez ya no éramos esos perfectos desconocidos.

# CAPÍTULO 6

**KAYLA**

Me vestí en silencio, después de salir de la ducha. Garabateé una nota y se la dejé a Rod junto a la almohada. Eran las siete de la mañana y tenía que empezar a trabajar. Decía así:

*Te dejo una pulsera para el buffet. Puedes colocártela e ir a desayunar sin problema. Me encantaría despertarme contigo, pero lamentablemente la recepción me espera.*

Tras reflexionar un instante, añadí:

*Un beso, K.*

Tenía un nudo en la garganta. Era joven pero en absoluto ingenua. El Hotel Paradiso era un lugar de vacaciones por el que la gente iba y venía encantada, pero en el que nadie permanecía. Nadie se quedaba allí. Y existía la evidente posibilidad de que el náufrago despertase y buscara la manera más rápida de llegar a la civilización definitiva, que no era precisamente la playa de White Meadows.

Existía la posibilidad de que se subiese en un barco rumbo a Nassau.

Fui al comedor, donde en aquellas horas de la mañana apenas había algunos empleados disponiéndolo todo para el momento en que empezasen a llegar los huéspedes. No había visto a Ellen, y eso era extraño; pues se trataba de la persona más madrugadora y omnipresente que había conocido jamás. Solía cruzármela a todas horas por los pasillos, dado que su trabajo consistía en controlar todo y a todos.

Vi a Jill en el comedor y la saludé a lo lejos. Me hizo un gesto para que me acercase, pero tenía prisa. Pronto llegaría el primer catamarán de la mañana con los huéspedes que debíamos recibir ese día.

No entendía muy bien esa pequeña alteración en el horario, pues las habitaciones no estarían listas hasta prácticamente el mediodía, y eso significaba que el vestíbulo sería un caos durante toda la mañana.

Me acerqué al buffet y cogí un sándwich y una manzana. Después me preparé un café *au lait* a toda prisa.

Jill dejó la jarra de zumo que estaba sirviendo y vino hacia mí.

—¡Kayla!

—¡Lo sé! lo sé... tenemos un café pendiente. Pero ahora no puedo entretenerme.

—Pasaré en un rato a verte por la recepción.

¿Dónde, si no?

—Por supuesto. Allí te espero. No me moveré.

—Kayla, solo una cosa —hizo que me detuviese un segundo—. Anoche, después del turno de cena di un paseo por la playa con Blake. Y vi que estabas en la terraza de tu habitación... con un chico.

La miré con curiosidad. No sabía que podría apreciarse tanto detalle desde la playa. La luz en la terraza de mi habitación solía permanecer encendida. Iba a tener que ser más cuidadosa con eso.

—Kayla, lo hubiese reconocido a kilómetros. Te vi muy bien acompañada. Espero que estés feliz.

Me apretó el brazo cariñosamente. De repente tenía toda mi atención.

—Jill, ¿a qué te refieres con...?

—¡Kayla!

Oí una voz perfectamente reconocible a mis espaldas. Eran Ellen, mi jefa.

—Querida, te necesito ya —exclamó—. Tenemos un pequeño caos en la recepción. El barco ya está aquí. Se han adelantado y creo que estoy a punto de tener un ataque. Me parece que voy correr hacia la arena y me voy a enterrar.

Siempre así de dramática.

—Ve. Luego paso a verte y te cuento —me dijo Jill.

Seguí a Ellen hasta la recepción. No exageraba. Se había formado una buena marabunta de gente exaltada deseando "constar" desde ya como uno de nuestros huéspedes para poder disfrutar del club de playa privado, a pesar de que tendríamos que advertirles uno a uno que su habitación aún tardaría al menos un par de horas en estar lista. Eso me iba a traer problemas. No todo el mundo lo entendía a la primera, a pesar de ser un concepto relativamente sencillo.

—Ellen. Tenemos que cuadrar de nuevo el horario de los barcos —le dije, a pesar de que no era la primera vez esa semana que sucedía.

—Lo sé. Lo sé. Voy a encerrarme ahora mismo en el despacho con Luke y vamos a tener una conversación seria con ellos. Han de respetar los horarios todos los días, no cuando les venga en gana.

Llegamos al mostrador y sonreí a Sheila, mi compañera de la noche; quien no estaba precisamente acostumbrada a aquellas multitudes.

—Yo me ocupo —le dije.

—¿Bromeas? No vas a poder tú sola con toda esta jauria. Te echaré una mano con las admisiones.

Ellen se quedó un segundo con los codos apoyados en el mostrador, observándome.

—¿Estás bien? —me preguntó.

—Perfectamente, si pasamos por alto que tendré que ir a buscar un nuevo café en breve porque no voy a tener tiempo de tomarme este. ¿Por qué?

—No sé. Pareces...distinta. ¿Has dormido bien?

Lo olía. Podía olerlo. Tal vez incluso lo sabía con toda certeza.

—He dormido fenomenal, Ellen. No sé si algún día podré volver a dormir sin el rumor de las olas de fondo.

La jefa me sonrió y se marchó, no del todo convencida. Tener una mañana ocupada iba a tener su lado positivo. No la tendría demasiado encima, escrutándome; y por otra parte dejaría de obsesionarme con la idea de que Rod estaba tal vez en mi cama, aún desnudo; ocupándola a lo largo y a lo ancho. Me moría de ganas de regresar allí, de colarme de nuevo entre las sábanas y aterrizar sobre su cuerpo; y pasar el resto del día haciendo lo que habíamos hecho durante toda la noche.

Contuve un bostezo, miré con cierta tristeza mi café ya frío y encendí el ordenador de admisiones.

Trabajé sin descanso durante al menos una hora.

—Creo que esto te puede venir bien —una voz masculina acompañó un gesto celestial: un café *au lait* humeante aterrizó al otro lado de mi mostrador de recepción, junto a la pila de papeles que trataba de ordenar.

Era Rod. Con mucho mejor aspecto que yo, la verdad.

Después de la mañana que llevaba, su aparición estelar me provocó una sonrisa instantánea. Me apetecía saltar por encima del mostrador y besarlo, pero obviamente me contuve.

—Ocupada, ¿verdad? Gracias por el desayuno —me dijo, mostrándome la pulsera en su muñeca—. De nuevo en deuda contigo.

—Esta vez espero cobrármelo —le dije. Una nueva sonrisa tonta se me escapó.

—Kayla. Debo hacer unas llamadas urgentes. ¿Cuál es el mejor sitio, de nuevo, para no causarte molestias? ¿Tu habitación?

—Sí. Sin problema. Pulsa el nueve antes del número de teléfono para llamadas externas.

Me agarró la mano por encima del mostrador y la apretó cariñosamente. No sabía cómo decirle que quería volverlo a ver, necesitaba un espacio y un tiempo a solas, sin que el mundo nos rodease ni nos distrajese con cosas mundanas como tener que trabajar. Mientras veía cómo Rod se alejaba de nuevo hacia el ala de los empleados me pregunté si era posible que estuviese sintiendo algo por él. *Ahora más que nunca has de mantener el control sobre tus sentimientos, Celine.*

¿Cómo iba a decirle que mi nombre, en realidad, no era Kayla, a pesar de que todo el mundo allí lo repetía todo el tiempo?

Y fue en ese mismo instante, con esa pregunta exacta, cuando empezó la disrupción.

## HOTEL PARADISO: HISTORIAS 1 - 4

Al fondo del vestíbulo, observé que Rod se detenía junto a una de las huéspedes que aguardaban a que su habitación estuviese lista. La mujer levantó su teléfono a la altura de sus hombros y se hizo un *selfie* con él.

—¿Pero qué demonios...? —murmuré.

Y entonces, aún perpleja, observé como mi colega Jill avanzaba por ese mismo pasillo en dirección a mi mostrador y hacía exactamente lo mismo. Intercambiaba unas breves palabras con mi náufrago y él, sonriente aunque algo avergonzado, la rodeaba un segundo con su brazo para tomarse una instantánea.

Despaché a toda velocidad al último de los huéspedes de la mañana. En realidad aquello era como trabajar doble, pues todos iban a pasar de nuevo por el mostrador en algún momento para recoger la tarjeta magnética que les daría acceso a su habitación.

En cuanto estuve libre y Rod ya se había perdido en el pasillo, hacia la zona de habitaciones, agité el brazo en dirección a Jill. En sus manos traía un nuevo vaso de café.

—Para ti. Celebremos.

Mi ¿tercer? café del día. Las cosas iban cuesta abajo y sin frenos.

—¿Se puede saber que estabas haciendo? —le pregunté.

—Espero que no te haya molestado. Él es el chico que estaba ayer contigo en la terraza, ¿verdad? Mentiría si dijese que no te envidio. Un poco, al menos. Tal vez bastante.

Salí del mostrador y lo rodeé. Estaba alteradísima. ¿Qué estaba sucediendo?

—¿De qué lo conoces? ¿Te has hecho una foto con él?

—¿Cómo no iba a hacerme una foto con Rod Stallard? Espero que Ellen no estuviese por aquí, por cierto —dijo Jill, mirando de repente a izquierda y derecha—. Conozco muy bien su opinión respecto a hacerse *selfies* con las *celebrities* que nos visitan.

—¿*Celebrities*? ¿Rod?

Jill me miró. Su sonrisa irónica se deshizo de un plumazo.

—Oh, no. Oh, dios mío, Kayla. ¿No sabes quién es el chico que estaba contigo?

—Hasta hace unos segundos creía que era un náufrago.

—¿Un náufrago? —Jill soltó una carcajada—. Sí, supongo que en parte lo es.

—¿Quieres decirme de una vez de qué hablas?

—Rod Stallard, querida Kayla, es uno de los ilustres participantes de esta temporada de *Atrapados en la isla*. Y se ha formado un buen escándalo en internet porque, al parecer, ha huido del set de rodaje. Los ha dejado plantados a dos programas de llegar a la final. Y eso que era el favorito para ganar.

—¿*Atrapados en la isla*?

—Increíble. ¿Sigues sin tener tele?

Asentí.

—Es un *reality*, Kayla —dijo Jill—. Ese chico que tienes escondido en tu habitación lleva meses rodando un programa de supervivencia para la tele en una isla cercana. Llevaba. Porque ahora está aquí, de repente, en un hotel de lujo. Y en cuanto Ellen se entere de que anda por aquí "alojado" sin que ella lo supiese va a tener muchas preguntas. Y supongo que te las hará a ti.

## CAPÍTULO 7

# ROD

En realidad solo tenía que hacer tres llamadas. A mi madre, para convencerla de que estaba bien y a salvo. A mi abogado, para que empezase a trabajar en la más que posible demanda que me iba a caer por haber abandonado la isla antes de tiempo y por mis propios medios. Y por último, al propietario de una preciosa casa en Moxey Town, no demasiado lejos del hotel.

Era una propiedad en alquiler, perfecta para mis necesidades inmediatas. Que no eran otras que quedarme allí, junto a aquel hotel. Junto a ella.

Estaba dispuesto a desentrañar el misterio de Kayla/Celine, si ella me lo permitía, y no tanto a enfrentarme con la realidad del mundo que me esperaba ahí fuera.

La noche anterior, cuando le dije que era mía, justo antes de que se deshiciese de nuevo entre mis brazos, no mentía. No era algo que dije llevado por la intensidad del momento. Quería reclamar a Kayla, hacerla feliz, y si eso pasaba con quedarme allí anclado junto a aquel hotel, o lo más cerca posible de él, así lo haría.

No me iba a costar nada volver a mi vida anterior desde la distancia. Hacer que me enviasen mi ordenador desde Nueva York y trabajar desde la isla como programador. Así me ganaba la vida antes de los *reality shows*. Y debo decir que no se me daba nada mal. Era curioso que hubiese necesitado más de tres meses de total aislamiento en una isla para darme cuenta de que la popularidad ya no era lo que ansiaba.

Ya había superado todo eso.

Había conseguido dinero y fama.

Ahora quería una familia.

Y, si ella me aceptaba, tenía a la candidata perfecta. A una chica que no había dudado en arriesgar su vida por salvar la de un completo desconocido. La misma chica que no me había dicho su verdadero nombre.

La primera idea que había cruzado mi mente me la había inspirado ella, Kayla. Podía quedarme allí, en White Meadows. Empezar de cero. Inventarme una nueva identidad. Rod "Algo". No le había dicho mi apellido. Podía construir una nueva persona a mi medida en las Bahamas y vivir de manera feliz y anónima.

Pero esa peregrina ocurrencia se desmontó en cuanto aparecí en el vestíbulo del hotel y varias personas se acercaron a saludarme y a pedirme fotos. Sabía perfectamente que esas fotos se compartirían en las redes como la pólvora. Pero estaba dispuesto a afrontar las consecuencias.

Terminé con la última de mis llamadas. Esa misma tarde iría a Moxey Town a ver la casa en la que quería quedarme. No iba a haber ningún problema, me aseguró el propietario. No le dije exactamente quién era. Volví a mi plan anterior. Le comenté brevemente que era un programador que había decidido trabajar a partir de ahora desde el Caribe.

Colgué el teléfono, satisfecho. Tenía ganas de regresar al vestíbulo a toda velocidad y contárselo a Kayla. Compartir mis planes con ella. Pensé que ojalá tuviera la noche libre y pudiese llevarla a cenar a algún sitio romántico. En el fondo quería decirle que pretendía alquilar aquella casa para que, en un futuro, ella la ocupase conmigo. Que dejase de vivir en el hotel, a la sombra de su jefa y de sus compañeros. Era demasiado pronto, por supuesto. Cualquier podía intuir que podía meter la pata si me precipitaba de aquella manera.

Estaba sonriendo como un idiota ante las perspectivas que se abrían ante mí cuando oí como se abría la puerta del pequeño apartamento a mi espalda. Me giré. Allí estaba Kayla, con el rostro serio.

# CAPÍTULO 8

## KAYLA

—¿Tienes un minuto? —le pregunté. Me sorprendió el repentino tono denso y grave de mi voz; y me dolió que esa simple pregunta borrase su sonrisa de un plumazo.

—Claro. Por supuesto —Rod se levantó de un salto del sofá y se acercó a mí.

Y yo di un paso atrás en cuanto adiviné su intención de abrazarme.

—¿Por qué no me lo dijiste? Lo del *reality*. Pensé que eras un náufrago de verdad. Te han reconocido en el vestíbulo, Rod. O tal vez debería llamarte señor Stallard.

Dio un par de vueltas por el salón, nervioso.

—Kayla. Iba a contarte todo esta misma noche. Por supuesto que no podía ocultarte algo así. Ibas a saberlo tarde o temprano.

—Dejaste que creyese que habías vivido en una isla desierta.

Di otro paso hacia atrás. ¿Quién era aquel hombre? ¿A quién le había regalado mi más preciada intimidad a cambio de unas horas de placer?

—Kayla, escúchame. He estado en una isla. Con un equipo de televisión, es cierto. He incumplido mi contrato porque no quería...no podía seguir así. Me refiero a la televisión, no a vivir en medio de la naturaleza. Hubiese sido muy feliz en esa playa si hubiese estado cien por cien solo. No quiero tener nada que ver con la fama a partir de ahora. Necesito mi anonimato de vuelta, y creo que eso solo lo voy a poder conseguir en un lugar como este. En White Meadows. *Contigo a mi lado.*

Respiré hondo. Estaba tan enfadada que ignoré por completo aquella última frase. No había nada malo en su historia de redención. Todo eso me parecía muy bien. Pero ese no era el problema.

—No lo entiendes, Rod. O tal vez yo no me he explicado bien. Creí que eras alguien EN APUROS.

—Lo era. De no ser por ti hoy no lo estaría contando.

—Te han visto en el hotel, Rod. ¿Es ese tu nombre real?

Me fulminó con la mirada. Una pregunta hiriente. Reculé. ¿Me estaba pasando? Quería hacerle entender que esto iba a llegar a oídos de Ellen, que sin duda trataría de averiguar dónde había pasado la noche la estrella de televisión.

—Podría perder mi trabajo —le dije—. Eso es todo. Ese es el problema. Te han reconocido y no sé si la dirección del hotel aceptará que hayas pasado la noche...aquí. Conmigo.

—Kayla. Oh, dios mío. Ayer traté de averiguar si era problemático que me quedase aquí contigo. Me aseguraste que no. Varias veces.

El nudo que tenía en la garganta solo podía deshacerse con lágrimas, y notaba como estaban a punto de brotar, libres y rabiosas.

Rod me abrazó. Me resistí un instante, pero no tuve opción de librarme de su intensa presencia. Quería apagar mis lágrimas con sus brazos.

—Nena. No tendrás ningún problema. Te lo garantizo. Yo mismo iré a hablar con el director del hotel si es necesario. Les diré que me colé en tu habitación. Que estaba vacía. ¿Crees que no tengo suficientes problemas? Uno más no va a suponer una gran diferencia.

Me intoxicó con su olor, con la cercanía de su torso. Se había puesto la camiseta que llevaba cuando lo ayudé a salir del agua. Reconocí en ella el aroma de mi gel de baño.

—Tal vez...tal vez esto ha sido un error —le dije.

—No digas eso. Me iré enseguida. No quiero que tengas problemas por mi culpa. Me iré a Moxey Town —sujetó mi rostro entre sus manos y me obligó a mantener su mirada—. Me quedo aquí, Kayla. Voy a alquilar una casa y me instalaré en esta isla. Y quiero volver a verte. Hemos de solucionar esto. No quiero irme así, viéndote llorar...

—Me siento engañada. Lo siento. Es lo que hay. Es como me siento. Ahora mismo puedo actuar y hacer como que todo está bien, Rod. O puedo ser sincera. He de volver al trabajo.

Su respiración se aceleró.

—Espera. No podemos dejar que esto se tuerza, no podemos construir nada sobre una mentira. Y lo siento, Kayla. Lo siento mucho. O tal vez debería decir: "lo siento, Celine".

Solté su abrazo, el mismo que tanto necesitaba. El que ansiaba desde que había dejado mi lado del colchón vacío. Me di la vuelta y abandoné la habitación.

No podía.

Eso no.

No podía escuchar mi verdadero nombre si no era con mi propia voz interna.

No en ese momento.

**ROD**

Era casi una niña y se estaba comportando como tal. En aquella situación me tocaba ser el adulto responsable e iba a hacer lo que tenía que hacer: correr tras ella.

Kayla había pasado completamente de la puerta que la devolvería al intrincado laberinto de pasillos del Hotel Paradiso. Se había dirigido al balcón, había saltado la barandilla con una sorprendente agilidad y había aterrizado sobre la arena de White Meadows.

Hice exactamente lo mismo, y en ese instante me di cuenta de lo en forma que estaba mi chica.

En realidad pensaba que no tenía derecho a enfadarse por haberle ocultado mi paso por la tele; cuando ella se había inventado por completo una nueva persona. Ninguno de los dos podía enfadarse, de hecho. Pero por dios, si incluso tenía dos pasaportes, algo completamente ilegal que podía meterla en problemas.

—¡Kayla! —grité.

Corría en dirección al club de playa del hotel, el peor lugar posible para tener una discusión; o más bien una conversación de alto calibre, pues a aquellas horas estaba lleno de huéspedes del hotel.

—¡Kayla, espérame!

Corrí más rápido. Mis piernas, por suerte, eran más largas.

La alcancé y la sujeté del brazo.

Me esperaba algún gesto de rabia, incluso de violencia, para librarse de mí, pero en cuanto la obligué a encararme se hundió de nuevo entre mis brazos, el lugar exacto al que pertenecía.

—No volveré a hacerlo —le dije—. No volveré a llamarte así, a menos que tú lo quieras expresamente.

Ahogó un sollozo en mi pecho.

—Huí de Orlando —me dijo—. Dejé atrás un hogar conflictivo, a un padre adoptivo que me maltrataba, y decidí que nadie sabría nada más de mí. Nunca. Y ahora estoy bien. Aquí estoy a salvo. Celine ya no existe. No puedo creer que…

Aquello me destrozó.

Me disculparía una y mil veces. Mi tontería de la tele no podía compararse a un pasado traumático. Yo no tenía problemas. Simplemente estaba huyendo de la fama.

—Lo siento. Siento haber hurgado en tu pasado, Kayla. No tengo ningún derecho. Pero creo también que los dos teníamos que abrir nuestro corazón, aunque eso suponga dejar al aire las viejas heridas. Así nos curaremos. Nos curaremos mutuamente. Voy a quedarme aquí y voy asegurarme de que estás bien. De que tus heridas se van curando. Todos los días.

—¿No vas a irte?

Negué con la cabeza.

—No podría irme y dejarte aquí. Eso me mataría. Anoche soñé que renacía después de ahogarme en el mar. Y creo que eso es exactamente lo que ha pasado. Quiero una vida aquí. En esta isla.

—¿Y qué pasa si nos estamos equivocando? Si todo este malentendido, esos secretos que han caído en realidad nos advertían de que solo podía ser una noche...

Elevé su rostro con el dedo. Dios, teníamos tantas conversaciones por delante.

—Es que no quiero solo una noche. No quiero, Kayla. Estoy obsesionado contigo desde que me devolviste el pulso. ¿Hace menos de un día? ¿Crees que eso para mí es relevante? ¿Que no he sabido de inmediato que lo que quería era estar cerca de ti?

Negó con la cabeza. Algo me decía que ella sentía exactamente lo mismo.

Me abrazó.

—Quiero que te quedes, Rod —reconoció finalmente—. Y si esto es otro naufragio ya lidiaremos...

—No lo será. Te lo prometo.

La besé.

Y en ese momento decidí que tal vez, algún día, cuando diésemos un paseo por aquella playa mientras un par de niños correteaban a nuestro alrededor, le contaría a Kayla como nunca había perdido el conocimiento. Como dejé que la barca se hundiera. Como simulé que me ahogaba solo para que ella, a quien había visto desde el mar, me ayudase a llegar hasta sus brazos.

Ese es el último de mis secretos.

Lo prometo.

La cala de la Sirena Triste.

Ahora solo yo sé por qué la llamaban así.

# EPÍLOGO

## Cinco años después
### ROD

—Te toca —dijo Kayla— Recuerda nuestro pacto: Tú uno y yo otro.

Colocó al pequeño Todd en mi regazo.

—¿Por qué me toca a mí siempre el que hay que cambiar? —acerqué la nariz al pañal cargado del pequeño.

—Cariño, eso es...lotería pura, ya sabes.

—Con este olor nauseabundo se me están quitando las ganas de picnic —resoplé.

—Ya, claro. Te creo. De todas formas, perdóname, ¿no te he oído repetir mil veces que eres una auténtica máquina cambiando pañales? ¿Que eres "el Messi" de cambiar pañales? Porque juraría que sí.

Kayla se rio. Me conocía a la perfección. Era muy difícil que *algo* me quitase el apetito. Más bien imposible. Y lo de los pañales no se me daba nada mal.

Nuestros gemelos, Todd y Kevin, ya tenían casi un año y medio. Vivíamos confortablemente en Moxey Town y no teníamos previsto movernos de allí. Éramos felices en nuestra perfecta isla de las Bahamas.

Yo había retomado mi viejo empleo como programador y teletrabajaba desde casa con total comodidad. De hecho, eso me permitía cuidar casi todo el tiempo de los gemelos, ya que Kayla andaba bastante ocupada como gerente adjunta del Hotel Paradiso. Desde que la habían ascendido a responsable de *revenue* del hotel no podía evitar traerse un poco de trabajo a casa. Aunque con las espectaculares vistas 360 que nos acompañaban a diario, cualquier trabajo era menos trabajo.

## HOTEL PARADISO: HISTORIAS 1 - 4

Ese día era domingo y habíamos decidido llevarnos a los niños a la cala de la Sirena Triste. Era nuestro lugar especial, y tal vez el único motivo real por el que no nos veíamos cambiando de vida, marchándonos a Miami o a Nueva York. No podíamos dejar atrás aquella playa perfecta y desierta en la que nos habíamos conocido. Allí Kayla podía ser Kayla.

Con los años mi antigua fama televisiva se había disipado. Por fin podía disfrutar del anonimato; y aunque alguien recordase mis andanzas en la ciudad o aún pudiese encontrarse algún rastro al respecto en Google, me encantó saber que Kayla no era la única persona sin tele en aquella isla. Nadie en Moxey Town me reconoció jamás.

Ese día nos bañamos como siempre en la playa en la que Kayla me rescató. Disfrutamos de una deliciosa *pizza*, *snacks* y frutas tropicales y nos bañamos en el mar. Cada uno de nosotros con uno de los gemelos en brazos. Después los dejamos sobre la arena para que jugasen con sus palas y cubos y nos tumbamos junto a ellos.

Pensé en que tal vez ese era el día.

Que era un buen momento para confesarle a Kayla el último de mis secretos.

Que hubiese llegado hasta ella aunque no me hubiese rescatado.

Que nunca me desmayé, solo me dejé arrastrar hasta la arena.

Y una vez más, no lo hice. En su lugar, me incliné y la besé, y le repetí por enésima vez lo afortunado que era. Le di las gracias por aquella familia perfecta.

O quién sabe, tal vez sí me ahogué.

Dejé atrás una isla en la que ya no encajaba y remé hasta encontrar la tierra perfecta.

Siempre lo tuve muy claro: no se me ocurre ningún sitio mejor para naufragar que los brazos y los besos de Kayla.

CPSIA information can be obtained
at www.ICGtesting.com
Printed in the USA
BVHW070842031022
648542BV00003B/74